아나키스트의 애인

이 도서의 국립중앙도서관 출판예정도서목록(CIP)은 서지정보유통지원시스템 홈페이지(http://seoji.nl.go.kr)와
국가자료공동목록시스템(http://www.nl.go.kr/kolisnet)에서 이용하실 수 있습니다.(CIP제어번호: CIP2015031626)

푸른사상 산문선 13

아나키스트의 애인

김혜영 산문집

김혜영

　1966년 경남 고성에서 태어나 부산대학교 영어영문학과를 졸업하고 같은 대학원에서 고백파 시의 창시자인 로버트 로월 연구로 문학박사 학위를 받았다. 월트 휘트먼, 실비아 플라스, 로버트 로월 등의 영미 시인들과 현대 한국시인들의 시 세계를 숭고미와 정신분석학의 관점에서 탐색해왔다. 1997년 『현대시』로 작품 활동을 시작했다. 시집으로 『거울은 천 개의 귀를 연다』 『프로이트를 읽는 오전』이, 평론집으로 『메두사의 거울』 『분열된 주체와 무의식』이 있다. 『거울은 천 개의 귀를 연다』를 *A Mirror Opens One Thousand Ears*(i Universe, Printed in U.S.A, 2011)와 『镜子打开千双耳朵』(옌벤대학교 출판부, 2011)로, 시선집 『당신이라는 기호』를 『あなたという記号』(칸칸보 출판사, 2012)로 번역 출간했다. 일본에서 간행뇌는 『something』 및 여러 문예지에 조명되었다. 『시와 사상』 편집위원으로 활동하고 있으며, 웹진 『젊은 시인들』을 창간했다. 부산대학교와 동아대학교에서 시 창작 및 영문학 관련 강의를 하며 시와 산문을 쓰고 있다. 애지문학상을 수상했다.

서승은(AKA HIBISCUS)

　한지 위에 화사한 색채가 잔잔하게 번지는 그림이 매혹적인 화가. 계명대학교 동양화과를 졸업했다. 2006년 우봉미술전시관(대구)에서 개인전을, 2014년 "서승은 특별전"(키다리 갤러리)을 비롯하여 8회에 걸쳐 초대 개인전을 열었다. 미국의 Rougette Gallery, Kalmanson Gallery에서 전시를 했으며 수많은 아트페어와 그룹전에 활발하게 참여하고 있다. 2014년 신라미술대전 특별상을 수상했다.

나는 산책을 좋아한다. 서녘으로 해가 지면 혼자 느릿느릿 동백섬으로 간다. 해운대 마린시티를 따라 천천히 걷는다. 구름이 산책하듯 이런저런 풍경을 담담히 바라본다. 느릿느릿 걷는 거북처럼 머리를 비우고 생각도 비운다. 살갗을 스치는 푸르른 바닷바람에 몸을 맡긴다. 호젓하게 혼자 걷는 산책길은 느긋한 여유를 가져다준다. 가끔 돌아오는 길에 조선호텔에 들러 식빵을 사 온다.

담백한 식빵을 토스트기에 넣는다. 톡, 올라오는 소리가 가볍다. 커피 원두를 나무로 만든 분쇄기에 조금 넣는다. 오른손으로 꼭지를 돌리며 갈고 난 뒤, 커피 거름망에 붓는다. 끓인 물을 부으면 커피 향기가 잔잔히 번진다. 구운 식빵에 살구로 만든 잼을 바른다. 삶은 계란과 슬라이스 치즈를 얹는다. 간단한 식사가 끝난 후 신문을 읽거나 글을 쓴다.

1997년에 『현대시』로 등단한 이후 『부산일보』 『국제신문』 『르몽드 디플로마티크』 등의 신문에 문화 칼럼, 에세이, 일기 등을 연재하거나 발표했으며, 『시와 사상』 『젊은 시인들』 『시에』 『시사사』 『시인동네』 등의 문예지에 창작 시론이나 시평 등을 써왔다. 그동안 발표한 글들을 첫 산문집인 『아나키스트의 애인』에 모아 엮는다. 그중 일부는 제목을 수정하거나 내용을 보충했다. 오랜 시간에 걸친 글쓰기여서 소재나 내용이 이질적인 면도 있지만, 내가 사유한 시적 세계와 연관이 있는 글들이다. 늘 그렇듯 처음이라는 단어는 가슴 설레고 약간 두렵기도 하다.

　　산문집은 3부로 구성했는데, 제1부 「목련꽃 떨어진 자리」에서는 가네코 후미코를 비롯한 정치적 의식이나 사회적 관심사를 다룬 글들을 엮었다. 시인으로서의 자의식은 결코 시대를 벗어날 수가 없다. 상상의 공간을 짓는 과정이지만, 그 이면에는 언제나 시대적 배경과 의미가 들어가기 마련이다.

　　제2부 「등불을 든 눈사람」에서는 시론과 예술에 관한 이야기를 중심으로 다룬다. 당신이라는 기호처럼, 언어라는 기호로 작동하는 시의 의미와 시를 통해 지향하는 세계에 대한 시론이 전개된다.

제3부 「등꽃 날리는 유리창」은 일상에서 겪는 소소한 기쁨과 쓸쓸한 단면 등을 담고 있다. 시와 가사 노동, 그리고 직장 생활의 고단함과 위로에 대한 단상을 솔직한 어조로 전달한다.

나무의 나이테처럼 삶도 얼룩과 흔적을 남긴다. 아주 초라하고 남루할지라도 그것들이 소중한 보석처럼 빛나는 순간이 있다. 처음 입 맞추었을 때나, 다시는 아침을 맞이하고 싶지 않을 만큼 우울할 때나, 그 모든 순간은 소중하다. 이것이 어우러진 삶에 고즈넉한 음악을 들려주고 싶다. 고요한 마틴느 성가처럼 외로운 식물에게 작은 위로를 보내는 저녁이다. 사랑하는 이의 가슴에 만년등처럼 은은한 빛을 비추고 싶다.

첫 산문집인 『아나키스트의 애인』을 출간해주신 푸른사상사 한봉숙 대표님과 맹문재 교수님, 수고한 편집팀 직원들에게 감사와 애정을 보낸다. 서정적인 동양화를 제공해준 서승은 화가에게도 따스한 우정을 전한다.

동백섬을 산책하며
2015년 10월 김혜영

차례

프롤로그 5

1 목련꽃 떨어진 자리

아나키스트, 박열의 애인 13   자크 랑시에르와의 만남 19

국가의 폭력 23   부르카, 얼굴 없는 여자들 27

가벼움의 미학 31   미술관에서 놀다 35   서울, 거대비만증 39

목련꽃 떨어진 자리 43   슬픈 유목민 45   감시 카메라의 덫 49

도시의 얼굴들 51   애완동물과의 동거 57

나를 파괴할 권리와 합법적 살인 61

느릿느릿 만년을 사는 거북처럼 65

아나키스트의 애인

2 등불을 든 눈사람

뮤즈 71   성자들의 유머 감각 77   지리산에서 만난 산신 81

무의식의 빛깔, 보라 85   당신이라는 기호 91

대나무 꽃이 피는 마을 107   봄을 꿈꾸는 잔혹한 욕망 111

상하이에서 읽는 시 121   더미를 위한 희생 제의 127

계절이 사라진 존재들 135   가을은 푸른 영화의 바다로 139

깨달음의 집을 짓는 사람 143   무상사에 내리는 눈 147

희망버스에 내리는 눈 153

차례

3 등꽃 날리는 유리창

참새들의 천사 159   우렁신랑이 차리는 저녁 161   님포매니악 165

하얀 욕망의 집 169   기적을 잉태한 처녀들 173

북극에서 온 쿠키 177   성철 스님의 아내 181

사랑에 대한 사소한 이유 185   실패한 연애와 담배 라이터 189

커피프린스 1호점 197   당근을 마룻바닥에 던지고 싶은 201

사월, 바람이 분다 205   사주팔자와 타로 카드 209

발표지 목록 212

1

목련꽃 떨어진 자리

아나키스트, 박열의 애인

　　아나키스트 박열의 품에 안겨 다정한 모습으로 책을 읽는 가네코 후미코의 사진은 인상적이다. 그녀는 1903년 요코하마에서 태어나 23세의 젊은 나이인 1926년 7월 23일 감옥에서 삶을 마감한다. 일본 천황과 황태자를 암살하려는 대역죄를 모의했다는 혐의로 그녀는 사형을 선고받았다. 그러나 천황의 은혜를 입어(?) 사형에는 처해지지 않고 무기징역을 선고받았지만, 끝까지 전향을 거부한 채 의문의 자살로 죽었다.

　　일본인이면서 학대받는 조선인에 대한 깊은 이해와 통찰을 보여준 그녀의 삶은 상처와 고통으로 점철되어 있다. 유년 시절 방탕한 부친으로 인해 호적에 오르지도 못한 채 겪은 가난과 학대 때문에 자살하려 했다. 그러나 자신처럼 고통받는 사람들을 위해 무엇인가를 해야겠다는 집념으로 자신의 주체성을 재확립하고, 일본의 제국주의적 세계관에 저항한다. 무정부주의자로서 그녀는 일본의 정신사에서 독특한 위치를 점유하고 있다. 그녀가 조선에서 생활한 7년간의 삶에 대한 기록은 그 당시 일본인이 가졌던 조선에 대한 이미지와 상반된다. 일본인이 행한 수탈과 억압에 대하여 냉철한 비판 의식을 어린 소녀가 가지고 있었고, 그러한 의식은 나중에 박열을 만나 훨씬 심화된 사상 체계로 발전한다.

박열과 다정하게 앉아 책을 읽는 그녀의 사진을 본 후, 나는 「가네코 후미코」란 시를 지었다. 낙랑공주와 가네코의 삶을 병치시키면서 쓴 그 시가 인연이 되어, 지난 가을 부산국제영화제 때, 장형익 영화감독을 만나 가네코 후미코에 관한 영화 기획에 대한 얘기를 나누었다. 러시아 문학을 전공한 장 감독은 가네코와 박열의 삶에 대한 부채를 안고 있는 심정을 토로했다. 그 어려운 시대에 그들이 보여준 용기와 불꽃 같은 삶을 영화로 다시 부활시키고 싶은 그의 의지가 실현되기를 바란다.

일본인의 의식 속에 '천황에 대한 반역'이란 소재는 지금까지도 금기시되기 때문에 영화 촬영과 캐스팅에 어려움이 많다는 사실에 놀랐다. 일본 천황은 일본인에게는 근대화의 횃불을 밝힌 역량이 뛰어난 군주였지만, 아시아인들에게는 식민지의 고통을 안겨준 폭군이라는 양면성을 지닌 존재다. 2차 대전이 끝난 후, 히틀

아나키스트 박열과 가네코 후미코

러는 자살을 했고, 무솔리니는 붙잡혀 총살되었으며, 독일의 나치 집단은 전범이라는 멍에를 안고 속죄하는 행위를 해왔다. 그러나 일본 천황은 그러한 과정을 거치지 않은 채 여전히 일본인에게 존경의 대상이 되어왔다. 강한 권력자나 국가의 범죄는 언제나 합법화될 수 있다는 여지를 남기는 항목이다.

몇 년 전 경북 문경에 '박열기념관'이 지역의 후손들과 정부의 후원으로 개관하였다. 난 그때 개관식에 참석하여 시 「가네코 후미코」를 낭송했다. 기념관의 한쪽 벽면에는 가네코 후미코를 소개한 코너가 있다. 그곳에 이 시는 한국어와 일본어로 번역되어 전시되어 있다.

가끔 시를 쓰는 일이 힘들거나 삶이 고단할 때 가네코 후미코를 떠올린다. 왠지 그녀는 내게 힘을 불어주는 신비한 힘을 지닌 듯하다. 사실 서구에서 그녀는 동양의 여성 아나키스트로서 엄청 유명하지만 정작 일본인 다수는 모른다. 그렇지만 일본에서도 후미코를 추모하거나 연구하는 사람들도 꽤 있으며 그들은 그곳을 방문하여 꽃을 바치기도 한다. 일본인 모두가 역사에 몰지각한 사람들이 아니라 지나치게 자국 이익만 중시하는 사람들이 정권을 잡을 때 문제는 심각해진다. 나는 가네코 후미코처럼 다수의 선량한 일본인에 대한 존경심을 갖고 있다.

꽃다운 나이에 스스로 죽음으로까지 자신을 몰고 갔던 후미코는 진정한 자유의 의미가 무엇인지 되묻게 한다. 제국주의의 틀을 벗어나 '진실한 눈으로 자신을 응시하는 삶'을 선택한 가네코 후미코가 찬란한 불꽃으로 부활하기를 기다린다.

가네코 후미코

— 자명고를 찢는다
둥둥 울음 우는 북소리
낙랑공주는 무슨 생각을 했을까

1923년 붉은 태양처럼 빛나던
일본 천황을 암살하려 한 혐의로 구속된

목련꽃 떨어진 자리

아나키스트 박열과 아내 가네코 후미코의
오래된 사진을 신문에서 발견했다

소파에서 한 쌍의 잉꼬처럼
박열의 품에 안긴 가네코 후미코는
행복한 표정으로 책을 읽고 있다
박열은 가네코의 가슴에 한 손을 얹은 채
느긋하게 다리를 꼬고 앉아 있다

그녀가 읽는 책은 무엇일까?
마르크스의 자본론일까
아니면 하이쿠 시집일까

1926년 감옥 독방에서
가네코 후미코의 시체가 발견되었다
부드러운 그녀의 가슴은 돌처럼 굳어버렸고
텅 빈 눈동자와 일그러진 입술
자살이라는 소문이 있었지만
타살이라는 소문도 있었다

슬픈 시체
아버지의 나라를 배반하고
천황을 살해하려던 마녀의 몸에서
향긋한 벚꽃이 피어났다

가네코 후미코의 시체는
박열의 고향인 문경에 묻혀 있다
무덤에서 걸어 나온 후미코가
동경대학 도서관으로
걸어간다

국가, 법, 감옥, 사제, 재산, 계급이 사라진 세상!
가네코 후미코가 연분홍 기모노를 입고
허공을 나비처럼 날아다녔다

난 일본 제국의 아나키스트였어
아무도 날 검열할 수 없었어
자유의 날개를 가진
날 꺾을 수 없었지

사랑하는 박열의 품에 안겨
콧노래를 부르며 책을 읽던 그녀가
봄비를 맞으며
나의 서재를 다녀갔다

— 시집 『거울은 천 개의 귀를 연다』에서

목련꽃 떨어진 자리

자크 랑시에르와의 만남

　부산에 살면서 행복을 느끼는 순간은 국제영화제와 불꽃축제 기간이다. 모든 것이 서울에 집중된 상황에서 지방에 사는 소소한 기쁨을 누리기 쉽지 않다. 지난주에는 먼 이국의 영화를 보러 다니러 발걸음을 종종거렸다. 터키 영화인 〈나는 그가 아니다〉와 인도 영화 〈파니를 찾아서〉를 보았다. 독특한 서사와 영화 속 풍경과 인물들이 매력적이었다. 그런데 올해는 영화뿐만 아니라 프랑스 철학자 자크 랑시에르를 직접 만나는 기회가 생겨 의미 깊었다. 뉴커런츠 심사위원으로 온 그와 인터뷰를 하라는 제안을 받았다. 그의 책 『민주주의에 대한 증오』를 읽었는데, 직접 만난다는 생각에 가슴이 설레었다.

　하얏트호텔에서 만난 그는 분홍 셔츠를 입은 은발의 신사였다. 그는 미학과 정치에 대한 질문에 대답해주었다. 불어의 악센트와 억양으로 영어를 구사했기 때문에 다소 듣기 거북하기도 했다. 74세의 철학자는 빠른 어조와 큰 목소리로 거침없이 답변을 하고, 가끔 어깨를 추켜올리거나 커다란 손짓을 하기도 했다. 법과 제도보다 감각적 인식이 더 선행한다는 관점에서, 영화를 비롯한 예술 혁명이 가능하다는 주장이었다. 민주주의가 지향하는 평등을 위해서 "적극적으로 행동해야 한다"는 실천적 측면을 강조했다. 아시아 영화 역시 초기에는 미국과 프랑스 영화의 영향을 받았지만, 요즘은 독자적인 길을 가면서 대중의 인식을 변화시키고 삶에 영향을 준다고 평가했다. 무엇보다도 관객이 구경하는 수동적인 존재가 아니라 예술을 능동적으로 수용하는 주체적 시각에 방점을 두었다.

그의 이론은 책으로 습득할 수 있지만, 그의 육체와 분위기를 만나는 이 느낌은 어떻게 설명할까? 짧은 시간의 인터뷰였지만 내 마음에 각인된 것은 먼 이국의 철학자를 만나는 경험의 따스함이었다. 인터뷰를 마칠 즈음 시집을 선물했더니 감사하게 받고 사인을 부탁하는 겸손이 느껴졌다. 알랭 바디우와 더불어 프랑스 철학계의 거장으로 존경받는 그도 평범한 한국 할아버지와 크게 다를 바 없었다. 열 권이 넘는 책이 한국어로 번역되었고 영화제에 초청된 그가 부럽고 멋스러웠다.

랑시에르와 인터뷰를 마친 뒤, 그가 심사를 맡은 아시아 젊은 작가들의 영화가 궁금했다. 그래서 대만 영화인 〈섹스 어필〉을 보았다. 교수와 제자 간에 발생한 성폭력에 관한 이야기인데, 연출력이 돋보였고 무엇보다도 중립적인 시선을 견지하는 감독의 태도가 특이했다. 사랑이라는 말 혹은 몸의 느낌 안에 도사린 폭력과 위선을 노출하는 시선이 새로웠다. 윤리와 법과 위선 사이에서 갈등하는 인물들의 삶이 연민을 자아내게 한다. 결코 단순한 이분법만으로 단정할 수 없는 그 어떤 무엇, 감각의 나눔 같을 것을 전해주는 영화이다. 랑시에르 이론의 한 단면이 스침을 느꼈다. 법과 윤리 너머에서 감각하는 몸, 그곳에 새긴 상처와 모순이 전해주는 존재의 소중함이 빛났다. 세상을 모르는 소녀가 겪은 성폭력이 재판을 통해 공개되면서 변화되는 것들이 몸의 감각을 통해 대중에게 전달된다. 그것이 어쩌면 예술의 힘인지도 모른다.

　　만약 그리스 시대에 플라톤이 글을 쓰지 않았다면, 아주 먼 시대의 우리가 어떻게 그의 사상을 알겠는가. 옆집 노인의 이름과 삶은 기억하지 못해도 플라톤이나 아리스토텔레스의 저서에는 관심을 가지듯이 아마도 현대 철학 연구자들도 랑시에르의 저서를 어떤 방식으로든 접하게 될 것이다. 철학을 통해 세계를 사유하는 방식에 작은 빛을 던지는 그의 몸짓, 그 순간의 빛들이 모여 불멸이 된다. 전설이 되고 신화가 되고 역사가 되도록 이끄는 사유의 힘은 위대하다. 노예이기를 거부한 주체의 각성은 전지전능한 신에게 도전할 수 있었고, 오만한 군주에게 철퇴를 가할 수 있었다. 영화를 보는 관객도 아름다운 철학의 길에 한발자국 더 가까이 다가가는 가을이다.

국가의 폭력

개인 간의 폭력이건 국가 간의 폭력이건 왜 폭력이 발생할까? 폭력을 행사하는 입장에 처한 사람의 심리에는 어떤 무의식이 작동하는 것일까? 폭력을 막고 재발을 방지하기 위한 공동체의 합리적 해결책이 법이라 볼 수 있다. 그런데 경우에 따라서는 이 법 또한 권력을 등에 업고 아주 잔혹한, 괴물적인 폭력을 행사한다. 국가라는 이름으로 비상 체제, 위기 상황에서의 계엄령, 혹은 그에 준하는 상황에서 악마적 실존으로 등장하는 폭력이 인권을 유린하거나 침해하는 사례가 현대사회에 빈번하게 출현한다.

일본의 식민 지배에서 해방된 지 수십 년이 흘렀지만, 그 기간 동안 그들이 조선인에게 자행한 만행에 대한 상처는 쉽게 회복되지 않는다. 아마도 위안부나 강제징용에 끌려갔거나 가미카

제 특공대가 되었던 조선의 헐벗은 존재들의 영혼에 새겨진 상처는 영원히 잠재 기억으로 남을 것이다. 인간이라는 주체는 생존 본능 앞에서 이기적인 본성이 더 앞서기 마련이지만 초자아의 도덕적 인식이 그러한 본능을 억제하고 조율한다. 그런데 상징계의 지배를 받는 국가라는 이데올로기에 함몰될 때에는 잔혹하고 부당한 폭력이 거룩한 희생으로 탈바꿈되기도 한다. 일본의 우익들이 전범을 우상시하는 문제는 이런 데서 야기된다.

국가라는 공적인 권력에 제동을 걸 수 있는 신적인 폭력이 필요한 시대이다. 신적인 폭력은 국가, 종교, 이데올로기에 의해 난폭하게 작동되는 비이성적인 폭력을 끊을 수 있는 폭력을 지칭할 때 언급되는 발트 벤야민의 용어이다. 위안부 문제에 대해서 일본 우파 세력들의 마초적 야수성을 끊을 수 있도록 국제사회의 날카로운 비판이 지속적으로 제기되어야 한다. 인권의 차원에서 국제법으로서 강제되어야 할 필요성이 있다.

역사의 고리는 순환하기 마련이다. 영원한 강국도 없고 영원한 약소국도 없는 법이다. 위안부 논의에 대해 거짓되고 과장된 것이라고 부인하는 아베 총리와 그를 추종하는 일본의 우익 보수 집단은 철저하게 비판받아야 한다. '만약 아베의 딸이 위안부의 입장에 처했다면 어떤 반응을 보였을까?' 최고 권력의 수장으로서 역사의 만행으로 고통받은 위안부 할머니들을 친히 찾아뵈어 사죄하고 적절한 배상을 해야 한다. 그것이 지도자의 윤리이자 기본 덕목이다. 그리고 다시는 그런 일이 역사에 반복되지 않도록 일본 정부가 나서서 사죄하는 의미로 도쿄 시내 한복판에 소녀상을 건립해야 한다.

국가가 자국 내에서건 타국에서건 부당한 폭력과 살인을 저지하는 기관으로 역할을 해야 하는데 최근에는 국가기관이 오히려 폭력의 주체로 부각되는 듯하다. 왜 그럴까? 범죄자를 체포하거나 처벌하는 경찰 혹은 검찰이 제 역할을 다하지 못할 경우에 그렇다. 군부독재 시대에 악랄할 만큼 데모 주동자를 찾아 고문하던 경찰에 대한 기억을 떠올리면, 유병언이란 괴물 하나를 찾는 데 온갖 허점을 다 보여주는 경찰과 대비된다. 정치권력이 무력으로 경찰이나 검찰을 압박하던 시대는 이미 지났고, 보다 민주적인 의식이 성숙한 시대로 접어들었는데 조직의 기강이 해이한 탓인지 검은 유착이 있는지 의심이 든다.

폭력을 근절하고 시민의 안전을 위해 총과 검을 부여받은 경찰과 군대 조직이 그 반대로 권력을 사용하면 윤 일병 사건이나 세월호 참사 때처럼 꽃도 피우지 못한 청춘들이 희생양이 되어 휴전선과 바다에 붉은 피를 흘리게 된다. 생존과 쾌락을 추구하는 인간의 본성 가운데 타자를 억압하는 데서 오는 희열에 매혹되는 마초적 본능을 제어하는 교육이 가정이건, 학교건, 여러 조직들에서 이루어져야 한다. 법의 위력은 부당한 폭력에 대해 정의를 실현할 때 가장 빛나는 것이지 법 자체의 숭고함을 정치적 목적으로 남용할 때는 엄청난 괴물로 전락한다. 국가의 폭력에 대해 비판하고 강력하게 저지할 수 있는 목소리와 제도가 살아 있어야 한다. 제도와 법을 넘어 타자의 고통을 나의 고통으로 수용하는 감성이 현대사회에 절실히 필요하다.

목련꽃 떨어진 자리

부르카, 얼굴 없는 여자들

사막이 늘 그리웠다. 모래바람이 부는 그 황량함 속을 걷고 싶었다. 발자국을 남기면 이내 사라져버리는 땅에서 부르는 태양의 찬가! 드디어 이집트에 닿았다. 8월이라 이집트의 태양은 벌겋게 이글거리는 눈빛이었다. 아득하던 사막이 발아래 있어 너무 낯설었다. 한낮에는 어두컴컴한 호텔 방에서 낮잠을 자야만 견딜 수 있었다.

사막과 오아시스의 공존은 신비로웠다. 나일 강을 따라 커다란 야자수와 연꽃들 사이로 검은 옷을 입고 걸어가는 여인들이 보였다. 검은 천을 칭칭 감고 걸어가는 여인들의 뒷모습을 보며, 가이드가 걸쭉한 설명을 덧붙였다.

"이집트 여자들은 배가 드러나지 않는
저 옷 때문에 배가 뚱뚱합니다.
누룩을 넣지 않은 빵을 먹고 물을 마시면,
배 안에서 퉁퉁 불어 불룩해집니다."

해 질 무렵 유람선을 타러 나일 강가의 선착장으로 갔다. 카
이로 시내의 여인들이 입은 전통 의상은 다양한 색깔로 아주 세련
된 느낌을 주었다. 저녁 식사를 하는데, 건너편 식탁에 앉은 한 여
인이 입까지 가면으로 가린 채 음식을 먹었다. 아주 갑갑해 보였
다. 그 시커먼 가면을 한 손으로 들었다가 음식을 넣고는 얼른 내
렸다. 그들 고유의 문화인 줄은 알지만 불편해 보였다. 몸을 가린
정도의 차이가 곧 신앙심의 차이라는 설명도 들었다. 많이 가리면
가릴수록 더 신앙심이 깊은 것을 뜻한다고 했다.

한편 선상 공연 중 무용수들이 밸리 댄스를 추었다. 그들은
배꼽을 드러낸 채 허리를 현란하게 돌리며 매혹적인 미소를 지었
다. 황제인 술탄에게 기쁨을 주기 위한 그 춤은 다분히 선정적이어
서 답답한 부르카와는 상반된 이미지였다.

때로는 종교가 사람을 해방시키기보다 더 큰 족쇄를 씌우기
도 한다. 이슬람 여인들의 부르카를 벗겨주고 싶다. 시원하고 자유
롭게 세상을 바라볼 수 있도록. 타국의 문화 전통이지만 합리적인

비판과 충고를 해야 할 필요가 있다.

여자들이 유혹해서는 안 된다는 코란의 말씀 때문이라지만, 남성들이 유혹에 슬기롭게 대처하면 되지 않을까? 한국의 거리에는 겨울 날씨에도 불구하고 최신 유행인 미니스커트를 입은 젊은 아가씨들이 활보하고 있다. 지난여름에는 가슴이 훤하게 파인 상의가 유행이었다. 그녀들의 발랄한 모습을 보면서 싱긋 미소를 짓는 한국 남자들의 여유를 아랍의 남성들이 닮아보는 것도 좋을 것이다. 한편으로 주택가 인근에 있는 노래방과 룸살롱의 야한 광고에 노출된 소년들이 걱정스럽다. 창녀촌이 없는 아랍의 전통과 은밀한 성거래가 존재하는 한국의 문화 사이에서 이상적인 비상구는 없을까?

가벼움의 미학

　　단풍이 붉다. 죽기 직전 나뭇잎은 가장 붉은 피를 뿜어내는
지도 모른다. 오늘은 왠지 우울하다. 나이가 들면 마을 어귀를 지
키는 느티나무처럼 너그럽게 늙어가는 줄 알았다. 그런데 그런 게
아니다. 느티나무는 고집도 더 세어지고 때로는 냉랭하게 마음의
문을 닫는다. 투명한 유리컵을 긁고 지나가는 상처도 여전하고 불
편한 마음의 찌꺼기가 엉겨 붙는다. 젊은 날에는 알 수 없는 미래
에 대한 호기심이 있어 파란 피가 돌았나 보다.

　　첫사랑은 정확히 언제였을까? 첫 입맞춤을 했을 때인가?
아니면 떠나가는 사람의 뒷모습을 쓸쓸히 바라보던 어느 가을날이
었을까? 침대에 누워 가만히 남쪽 창문을 바라보며 천사처럼 돌아
가신 아버지였을까? 가을이 저만치에서 걸어와 나무들을 물들이

고, 최루탄 연기가 자욱했던 오래전의 대학 캠퍼스가 떠오른다. 낙엽이 쌓인 미리내 골짜기를 무작정 걸었다. 수업 시간에 위선적이었던 그의 얼굴이 역겨워 맨 뒷자리에 앉아 소설을 읽었다.

20대의 내게 충격을 준 소설가는 밀란 쿤데라이다. 체코슬로바키아 출신인데 그는 당시 공산당이 지배했던 사회 분위기 속에서 '반공산당 활동'이라는 죄목으로 공산당에서 추방당했다. 그 후 그는 프랑스 시민권을 받았다. 파트리크 모디아노는 열다섯 번째로 노벨상을 받은 프랑스 작가라고 한다. 영국의 온라인 도박 사이트 레드브룩스가 노벨상 수상 가능성을 점쳤는데, 하루키가 1등이었고, 쿤데라가 공동 5위, 고은 시인은 공동 12위였다. 쿤데라가 노벨상을 받지 못해 속상하다. 그를 사랑하나 보다. 소설을 읽고 작가에게 반한 첫 경험이다. 그가 1984년 출판한 『참을 수 없는 존재의 가벼움』은 이사를 다닐 때마다 꼭 챙기는 책이다. 종이가 누렇게 변색되어도 책꽂이 제일 잘 보이는 곳에 꽂아둔다.

매혹당하는 감정은 어디에서 오는 것일까? 쿤데라와 동시대에 살고 있다는 것만으로 행복하다. 그가 14년 만에 낸 『무의미의 축제』를 읽었다. 표지도 아름답고, 붉은 글씨체의 쿤데라 사인도 마음에 든다. 무엇보다도 헐렁한 셔츠를 걸친 채 손가락 사이에 담배를 끼운 묘한 표정의 쿤데라에게 시선이 간다. 내용은 짧은 에피소드를 엮어놓은 듯 간결하지만, 자세히 읽으면 각각의 장들이 한 편의 시처럼 느껴진다. 올해 85세인 그는 노장이다. 서사가 웅장하거나 젊고 싱싱한 필력이 돌지는 않지만, 7부로 구성된 소설은 깊이와 유머가 있다. 그는 무거운 주제를 가볍게 얘기하는 마법을 부린다. 정치적으로는 개혁적이고 완전주의자이지만, 성적인 유혹에 아주 쉽게 넘어가는 주인공을 통해 무거움과 가벼움이 공존하는 삶을 엿볼 수 있다. 어쩌면 심각한 우리네 삶도 농담일지 모른다. 툭 털어버릴 수 있는 여유를 주는 것이 소설의 매력이자 문학의 힘이다.

제목처럼 쿤데라는 노장답게 무의미하고 가치 없는 일상의 나날이 그 자체로 축제라고 말한다. 기억하기 힘든 프랑스 주인공들 이름을 굳이 외울 필요 없다. 그들처럼 옆집 남자의 이름을 기억하지 않을 것이며, 그의 얼굴을 자세히 보지도 않을 것이다. 그냥 타인처럼 지나가는 바람처럼 스쳐갈 따름이다. 그런데 그 타인도 한때는 뜨거운 연탄처럼 누군가를 사랑했고, 무거운 이별이 다가왔고, 깃털처럼 가벼운 죽음이 왔다. 그러니 어쩌란 말인가? 삶도 무의미한 것인데, 어쩌란 말인가?

그래도 웨딩드레스, 빨간 유모차, 아늑한 침대가 끝없이 이어지는 삶이 하나의 축제이다. 무의미한 당신들이지만 천사일 수 있다. 스탈린 같은 독재자도 마음 한구석에는 연민의 정도 깊었음을 알려준다. 스탈린 앞에서는 벌벌 떨면서도 화장실에서 스탈린을 흉보며 낄낄거리던 부하들의 에피소드를 통해 그는 유머의 미학을 보여준다. 절대 권력자도 하찮은 부하도 죽음 앞에서는 가을날의 낙엽처럼 어김없이 지상으로 돌아간다. 유일하게 절대 평등의 순간이 오는 것은 죽음뿐이다. 단 한 명의 예외 없이 모두 죽는다는 것이 얼마나 신비한 축복인가. 역설적이게도 절대 평등의 세계는 죽음 앞에서만 가능하다.

목련꽃 떨어진 자리

미술관에서 놀다

프랑스나 이탈리아의 디자인 수준이 탁월한 이유는 유년기 때부터 아이들이 자연스럽게 고급 미술에 익숙해져 있기 때문이다. 특히 이탈리아의 경우 건물들 자체가 고대와 중세 미술의 걸작들을 전시하는 것이기에 생활 자체가 곧 예술로 이어진다.

'배병우 사진전'을 보러 가나아트로 간다. 새벽안개가 자욱한 경주에서 촬영한 덩치가 큰 소나무와 바다를 담은 사진이 인상적이다. 우선 사진의 크기에 놀란다. 벽을 가득 채운 사진에 압도당하는 느낌이다. 바다의 물결을 촬영한 사진인데 그 푸른빛에 빠져들고 싶은 유혹을 받는다. 새로운 사진의 신비에 푸욱 잠긴다.

배병우의 사진 앞에서 배회하다 화랑을 나오면서 작품 가격을 묻고는 다시 놀란다. 사진이 저렇게 발전해나가면, 그림은 무엇을 그리지? 화가들을 염려하는 마음이 왜 생기는 걸까. 자연의 한 순간을 저토록 섬세하게 찍어내는 사진 앞에서, 정물화나 구상화처럼 자연을 있는 그대로 모방하는 장르는 설 자리가 점점 좁아질 것이다. 화가 자신만의 자연을 창조해내어야 살아남을 것이다.

부산미술대전을 보러 시립미술관으로 발걸음을 옮긴다. 시립미술관에 갈 때마다 왠지 마음 한구석에 결핍감이 밀려든다. 루브르나 대영박물관 같은 외국 미술관들과 비교해보면 소장품이나 전시 기획에서 부족한 면이 많다. 미술관의 저력은 국력과 시민의 예술적 안목과 비례한다. 이번에는 느낌이 조금 다르다. 방학이라 그런지 아이들의 손을 잡고 온 부모들도 있고, 미술 선생님과 견학을 통해 알차게 수업받는 학생들이 많다. 평소의 썰렁했던 모습과는 다르게 활기차 보인다. 미술관이 있기에 가능한 일처럼 보여 왠지 마음 한구석에 충족감이 밀려온다.

복도에 전시된 조각품 가운데 대상을 차지한 소현우의 〈어느 병사의 회고록〉과 김성민의 〈Parody〉가 눈길을 끈다. 세계를 이해하는 조각가의 시선이 인체를 조각한 작품에 반영되어 있다. 소현우의 작품은 전쟁으로 내몰린 병사의 내면을 드러내고 있었다. 철모가 누군가에 의해 조종당하도록 공중에 매달려 있고, 병사의 얼굴은 없고 내장이 꾸불꾸불 밖으로 삐져나온 채 다리를 구부린 형상이다. 그것은 이라크 전쟁에 투입되어 희생당한 군인들을

대변하고 있다. 그리고 김성민의 〈Parody〉는 세 명의 인물이 서 있
는데 그들의 몸이 누더기를 덕지덕지 기워놓은 것 같다. 모자이크
처럼 금속을 조각조각 붙여서 알몸을 표현한 기법이 참신하다. 흔
들리는 주체, 구성되는 주체를 대변하는 것 같아 신선하다. 공예
부문에서는 박정우의 〈생명〉이 돋보인다. 도자기를 통해 배아와
같은 형상을 만들었는데 아주 새롭다. 고전적인 도자기에 현대적
인 과학적 생명 의식을 불어넣어 흙과 배아와 태아를 상상하게 해
주는 계기를 준다.

　　새로운 기법과 인식을 드러내주는 사진과 조각, 도자기를
보고 돌아온 나는 예술의 깊은 호흡을 사유한다. 동시대의 삶을 반
영하면서 개성을 창조적으로 드러낼 수 있는 힘, 그것이 예술의 미
래를 담보해주는 지렛대가 될 것이다.

서울, 거대비만증

연인들이 사랑에 빠지면 서로 마주 보거나 신체적 접촉을 했을 때, 심장 박동이 엄청 빨라진다. 심장이 흥분해 빨간 사과처럼 영근 탓이리라. 심장이 너무 큰 사람을 생각해본다. 유독 심장만 크다면 기형이다.

가끔 서울에 문인들을 만나러 가면 서울이 너무 크고 비대하다는 느낌이 든다. 비싼 물가 탓인지 서울 시인들은 아무래도 지방 시인들보다 여유가 좀 부족한 것 같다. 지역 문인들이 행사를 유치하면 찾아온 손님들을 위해 숙소와 음식까지 세심하게 신경을 쓰는데 서울에서 열리는 행사일 경우, 멀리 온 사람들에 대한 배려는 부족하다.

정치, 경제, 문화 모든 면에서 서울 집중 현상은 심각하다,

지방에 거주하는 것만으로 이런저런 차별을 감수해야 한다. 서울과 지방의 격차가 갈수록 심해지는 상황에서 행정도시 이전이 이루어지기를 바란다. 지방자치라는 구호만 무성하고 삶에서 피부로 느끼는 혜택은 별로 없다. 특히 지방의 우수한 인재들이 수도권 대학으로 빠져나가는 현상이 심각하다. 지역 대학 졸업자에게 그 지역의 기업이나 정부 관료로 취직하는 데 특혜를 주거나 등록금을 파격적으로 인하해서 지역이 균형적으로 발전될 필요가 있다.

서울역 근처를 돌아다니거나 지하철을 타면 아주 가난해 보이는 사람들도 눈에 띈다. 건물이 크고 높은 만큼 그늘도 깊은 까닭이다. 자본주의 사회가 약속한 자유와 평등의 이념 역시 보이지 않는 제도나 관행 때문에 꽉 막혀 있다. 공적 자산보다 사적 자산을 쌓는 데 더 집중하게 만드는 사회 시스템은 수정되어야 한다. 공적으로 향유할 수 있는 자산이 많아 상대적 박탈감을 덜 느끼도록 배려하는 문화가 뿌리 내리기를 희망한다.

동일한 세금을 내지만 왜 서울 중심으로 자금이 몰리고 다른 지역은 소외받아야 하는가? 북한의 핵폭탄이 서울 한복판에 떨어지는 것을 상상해보라. 모든 게 끝장이다. 현대사회에는 다양한 중심이 필요하며, 기형적인 나라는 성장하는 데 분명히 한계가 있다. 서울보다 환경이 좋은 지방에 사는 것을 더 선호하는 나라가 되었으면 좋겠다. 세금, 교육, 취직처럼 아주 구체적인 혜택이 지역에 보장되어야 서울 집중 현상은 완화될 것이다.

심장만이 아닌 온몸이 건강한 나라를 상상해보는 늦은 아침이다.

목련꽃 떨어진 자리

이른봄 우아한 자태로 허공에 핀 목련꽃을 보면 문득, 서른일곱의 나이로 천국으로 떠난 최루시아 수녀가 생각난다. 목련처럼 키가 훌쩍 큰 데다 늘 하늘의 별을 바라보는 듯 시선을 공중으로 던지던 친구다. 그녀가 수녀원에 들어가던 때 했던 말이 생각난다.

"혜영 언니, 저는 가난한 사람들을 섬기는 프란치스코의 정신이 참 좋아요."

라고 말하면서 마리아의 전교자 프란치스코 수녀회로 들어갔다.
난 그녀가 아픈 줄을 전혀 몰랐다. 수녀원 들어갈 때부터 심장이 점점 축소되는 병이 있었다고 한다. 왜 그 오랜 세월 동안 자신의 병에 대해서 한마디도 하지 않았을까? 그녀의 죽음 소식을 갑자기 어느 찻집에서 레지나 수녀로부터 들었다. 난 가슴이 너무 무거웠다. 늘 아프면서도 가난한 사람들을 위해서 소박한 삶을 살던 그녀는 목련꽃처럼 서둘러 떨어져버렸다.

　　왜 좀 더 자주 전화하지 못했을까? 왜 좀 더 사랑하지 못했을까? 슬펐다. 그녀가 남긴 유고시의 원고를 정리하다가 목련꽃을 바라본다. 봄밤에 목련꽃처럼 피어나던 가난한 수녀가 그립다.

슬픈 유목민

사과가 익지 않는 가을이다. 풋사과가 툭툭 힘없이 떨어진다. 가을이 좀 더 깊어지면 대학 캠퍼스의 벚꽃 잎사귀에 붉은 물감이 들 것이다. 1980년대 대학 다닐 때 온통 최루탄 냄새에 찌든 교정에는 광주 민주화 시위에서 죽은 망령들이 떠돌아다니는 것 같았다. 대자보 벽에 늘 피 흘리는 광주 시민의 사진이 전시되어 있었다. 교수들의 입술도 닫혀 있었고 학생들은 술에 찌들어 수시로 수업을 빼먹고 막걸리 잔치를 했다. 타는 목마름으로 민주화를 목이 터져라 외치던 기억은 아직도 남아 있다. 민주화를 갈망하다 자살을 선택하는 투사도 있었고, 도서관에서 책에 파묻혀 지내다 슬며시 죽음의 문을 두드리는 청춘도 있었다.

그 시절의 대학은 혼란과 방황이 덧칠되어 있는 성채였다.

공동체를 위한 울분에 몸부림치던 대학의 몸짓도 이젠 많이 변했다. 학생들은 진로를 걱정하느라 학점에 아주 민감해졌고 교수들의 분위기도 바뀌었다. 사립대학이나 2년제 대학에서는 학생들이 중요 수입원이자 고객으로 부상한 느낌이다. 학생들 숫자는 줄고 대학은 우후죽순 늘어나 그럴 것이다. 이런 분위기에서 고개를 움츠린 채, 커다란 가방을 들고 다니는 슬픈 하이에나들이 있다. 연구실도, 가방 보관할 사물함도 없는 시간강사들은 유령처럼 이리저리 옮겨 다닌다.

시간강사를 지칭하는 재미있는 농담들이 많다. '보따리장사', '파리 목숨', '유리 구두만 신으면 부엌데기 시절을 잊는다' 등이다. 가끔은 논리적으로 풀어 설명하기도 한다. 첫째, 시간은 많은데 돈이 없다. 둘째, 결혼 순위는 24위, 꼴등인 농촌 총각보다 한 등수 앞서나 택시 기사보다는 순위가 낮다. 셋째, 거지와 닮았다. 거지는 밥통을, 강사는 책가방을 들고 다니며 언제 쫓겨날지 모른다. 젊은 학자들을 왜 이렇게 거리로 내모는가? 대학 교육의 50퍼센트를 담당하는 강사들은 하이에나처럼 썩은 고기를 먹으며 굶주린 배를 채운다. 대학은 교환교수의 강의나 학과에 결원이 생길 때 강사 초빙을 한다. 사정이 바뀌면 조교가 거는 전화 한 통화로 해고된다. 채용할 때는 학과장 면담을 하면서 해고할 때는 한마디 말도 없이 버리기도 한다. 강사들이 모여서 데모하는 것도 쉽지

목련꽃 떨어진 자리

않다. 흩어진 모래알처럼 강의 시간표를 좇아 각자 움직이기 때문이다. 용감하게 데모하는 블루칼라 노동자가 오히려 부럽다. 시간강사는 천대받는 지식인으로 전락하고 있다.

대학 총장 선거에 강사에게도 투표권을 준다면, 강사의 생계 보장과 직업 안정성은 훨씬 개선될 것이다. 한 학기를 강의해도 넉 달만 쥐꼬리만큼의 강사료를 받고 나머지 두 달은 생활고에 시달린다. 교수 채용이 30대 후반, 40대 초반에 이루어지는 상황에서 40대 중반부터 슬슬 노안이 오기 시작한다. 한참 젊을 때 학문에 매진하고 연구할 수 있는 분위기를 국가와 대학이 만들어야 하지 않을까? 강사들을 거지처럼 떠돌게 방치한다면 한국 대학 발전은 점점 아득해질 것이다. 아름다운 캠퍼스에서 슬픈 하이에나가 더 이상 자살하는 일이 없기를 희망한다.

감시 카메라의 덫

인터넷을 연다. 무수히 쏟아지는 정보가 눈을 갉아먹는다. 팬옵티콘처럼 현대인의 삶을 감시하는 눈은 잔혹하다. 감시 카메라의 그물에 걸린 물고기들이 헐떡거린다. 아파트 주차장에서 빙글빙글 돌아가는 눈, 은행 창구에서 정수리를 찍어대는 눈, 도둑이 아니어도 잠재적 도둑 혹은 죄인이 되는 물고기들이다.

메일함을 열면 스팸 메일이 가득하다. 돈 빌려가라, 하룻밤 황홀하게 즐기라, 물건을 사라, 유혹하는 메일이 넘친다. 혹시나 해서 메일을 열어보면 뜨거운 정사 장면이 동영상으로 뜬다. 화장실이나 탈의실에서 은밀히 찍은 영상인데, 등장인물이 포르노 배우가 아닌 일반인이라고 선전한다. 소름이 돋는다.

인터넷에서 가명을 통해 뱉어내는 악의에 가득 찬 글은 공포다. 은밀하게 고발하고 정체를 숨긴 채 그 상황을 즐기는 악마들이 늘어간다. 선진국으로 갈수록 투명 사회가 된다지만, 그 투명함이 때로는 무섭다. 모든 것이 드러나는 기계들의 사회, 저 높은 팬옵티콘을 조정하는 눈이 모든 정보를 쥐고 사이보그처럼 시민들을 지배한다.

1980년대에 거리에서 민주화 구호를 외치면서, 감옥에 끌려갈 각오로 정의를 외치던 순수가 그리워진다. 세대가 달라진 건지, 나쁜 경기 탓인지 공동체 의식이 희박해지는 경우를 자주 접한다. 자신의 목적과 가치만을 주장하고 타자의 사생활을 배려하는 마음이 부족한 경우가 늘어간다.

이메일이나 전화번호 등의 개인정보를 거래하는 행위에 대한 처벌이 강화될 필요가 있다. 개인의 정보가 예사롭게 노출되어, 기업의 홍보 대상이 되는 경우가 너무 빈번하다. 백야처럼 밝은 빛만 있으면 사람들이 미쳐버린다. 사회가 투명해질수록 일반인들의 사생활을 존중해주는 사회적, 법적 장치가 보완되어야 한다. 빛과 어둠, 가벼움과 무거움이 조화될 때 이상적인 사회가 될 것이다. 유토피아는 언제나 신기루처럼 예상을 빗나가지만, 진보에 대한 희망을 품고 나아가고 싶다.

목련꽃 떨어진 자리

도시의 얼굴들

장면 1— 다정한 숲 속 같은

미래로 가는 열차를 탄다. 속도를 느낄 수 없는 무중력이다. 2020년에 멈춘다. 은회색 열차 안 벽에 그려진 지도를 본다. '가장 아름다운 도시' 버튼을 누른다. 아, 이럴 수가! '부산'에 불이 켜진다. 호기심에 버튼을 누른다. 2020년의 부산역에서 열차를 멈춘다. 나는 세월을 먹지 않았다. 미니스커트를 입고 검은 부츠를 신고 부산역에 내린다. 높다란 아파트가 어수선하게 서 있던 도시는 사라지고 푸른 숲 속의 도시가 펼쳐진다.

동화 속의 나라에 온 듯하다. 거리마다 과자로 지은 집처럼 창문이 아름답다. 하야리아 공원에는 재즈 클럽을 운영하는 가수들이 재즈를 부른다. 도시는 은은한 무지개 빛깔로 조화를 이루고 있다. 동래구는 연분홍빛 지붕들이고 양정은 하늘색 지붕들이다. 담장은 모두 없어지고 파란 잔디를 심고 울타리에는 나팔꽃이 노래를 부른다.

거리의 카페들은 나무 그늘 아래 의자를 내어놓고 맥주를 판다. 세상에서 가장 아름다운 도시에서 달콤한 낮잠을 잔다. 숲속의 상큼한 공기를 마시면서 깨어나는 인조인간들.

장면 2 ― 발악하는 간판들

몇 년 전 프랑스로 훌쩍 여행을 떠났다. 파리를 생각하면 왠지 가슴이 설렌다. 도시 전체가 아름다운 예술품 같기 때문이다. 샤넬 화장품을 사달라는 언니의 부탁에 나는 파리 거리를 둘러보면서 샤넬 간판을 찾으러 한참 동안 눈을 굴렸다. 파리의 건물들은 간판이 거의 눈에 띄지 않는다.

겨우 그 유명한 샤넬을 찾았을 때, 나는 실망했다. 너무나 평범하게 흰 바탕에 샤넬 글씨만 쓰여 있었다. 하지만 건물 전체와 어우러지는 차분한 조화가 두드러졌다. 천박한 자본주의를 상징하듯 미국의 맥도날드 간판을 보면 빨강과 노랑이 섞여 있다. 두

　　　　　　　　　　　　　목련꽃 떨어진 자리

색 모두 눈에는 잘 띄지만 기분 좋은 어울림이 아니다. 돈독에 물든 음식 장사 냄새가 나는 간판이다. 독설이 심한가. 우리도 간판이 건물과 조화를 이루도록 시청에서 지도 감독해야 할 시기가 되지 않았을까. 제발 봐달라고 악다구니를 지르는, 발악하는 간판들이 너무 많다. 긴 손톱으로 확 떼어버리고 싶은, 저 촌스런 간판들!

장면 3 ─ 백 년 만에 봄눈이 내린 날

백 년 만에 폭설같이 봄눈이 내린 날, 정영태 시인은 눈꽃처럼 시의 나라로 떠났다. 릴케는 장미 가시에 찔려 죽었고, 낭만주의 시인 셸리는 배를 타고 친구를 마중하러 가다가 물에 빠져 죽었다. 실비아 플라스는 남편이었던 테드 휴즈에게 복수라도 하듯이 가스 오븐에 머리를 넣은 채 죽었다. 극적인 시인의 죽음은 전설을 잉태한다. 시인은 신화적 존재가 되어 문학사를 화려하게 장식한다.

정영태 시인은 함박눈처럼 쏟아지는 봄눈을 보며, 밤이 새도록 시를 썼다고 한다. 평소에 지병이 있었음에도 불구하고, 그 열정을 어쩔 수 없었나 보다. 병원으로 가는 차 안에서 그는 눈꽃처럼 떠났다. 터널 안에서 차들이 너무 밀려서 병원에 도착했을 때 그는 이미 눈꽃 천사가 되었다.

그분이 부산 시단의 발전을 위해 얼마나 헌신했는지를 우리는 기억한다. 유명 시인으로 알려지지는 않았지만, 『시와 사상』이란 잡지를 부산 지역에서 창간하여 자신을 희생하면서까지 후배들을 지도하고 사랑하셨다. 불꽃처럼 살다 눈꽃이 되어 가신 정영태 시인의 영혼에 안식이 깃들기를 기도하는 봄밤이다.

장면 4 ― 빨간 피와 소금

빨간 피는 몸속의 생명처럼 소중하다. 국가 경영에 있어서 세금은 소금과 같다. 선진국으로 갈수록 국민에게 부과되는 세금은 많아진다. 복지가 약화되면 가족 중심주의가 강화되고, 가족이 뭉치면 사회복지는 후퇴하는 경향이 있다. 세금을 내는 것에 대한 거부감은 없지만, 내가 낸 세금이 제대로 집행되는지 늘 의심스럽다. 악착스럽게 거둔 세금을 정작 집행할 때는 너무 허술한 듯하다. 특히 고위 공직자의 결단에 의해 이루어지는 국책 사업의 파행을 보면 한심스럽다.

세금을 공짜 돈처럼 여기는 것은 아닌가? 의구심이 생긴다. 가난한 서민들의 피 같은 세금을 사용하는 사업이나 집행에 있어

목련꽃 떨어진 자리

보다 엄중한 관리가 필요하다. 이제 우리도 최소한 고등학교까지는 무상교육이 되어야 하지 않을까. 교육비가 무서워 아이를 낳지 않는 세상이라니 이상하지 않은가. 국민연금을 힘들게 내어도 노후를 보장받기 어려울 것 같아 허탈하다. 비싼 의료보험료를 내어도 치과에 가면 왠지 씁쓸해진다. 피 같은 세금이 사회 곳곳에서 생명의 젖줄이 되어 바르게 쓰이기를 기대한다.

　　비정규직의 월급도 좀 두둑해지길 희망한다. 무엇보다 제발 해고가 되지 않았으면! 국회의원은 단지 4년을 근무하고 연금 혜택을 누린다고 한다. 오랫동안 비정규직에 종사했더니 노년에 받게 되는 연금 액수는 20~30만 원밖에 되지 않는다. 시인의 비애이다. 차별과 불평등이 만연한 사회는 불안한 도가니와 같다. 민주주의는 풀뿌리처럼 일상의 작은 영역 안까지 섬세하게 뿌리내려야 한다. 큰 나무이든 잡초이든 우리 모두는 소중한 별이다.

장면 5 — 사랑의 열쇠

　　열쇠가 점점 의미를 잃어가는 시대다. 기술의 발달 덕택에 현관문도 지문 인식이나 비밀번호로 열리고, 자동차 열쇠도 점점 사라지는 추세다. 예수님이 돌아가시면서 천국의 열쇠를 베드로에게 건네주었다 한다. 천국으로 가는 열쇠의 비밀은 무엇일까?

몇 년 전 신라대학교에서 학생들을 가르쳤다. 대학 강사에게는 연구실이 주어지지 않는 것이 현실이다. 연구를 할 수 있는 공간이 없어 자괴감을 느끼곤 했다. 우연히 영어교육과 이숙희 교수님의 연구실을 잠시 방문한 적이 있었다. 그때 교수님께서 하얀 열쇠를 내게 건네주셨다. 그것은 교수님의 개인 연구실 열쇠였다.

난 눈물이 핑 돌았다. 내가 말하지 않아도 나의 애로점을 이해하고 배려해주신 그 마음에 너무 큰 감동을 받았다. 내게 그 열쇠는 천국의 열쇠였고, 희망의 열쇠였다. 난 교수님께 방해가 될까봐, 그 연구실에 자주 가지 않았다. 하지만 난 아직까지도 그 열쇠를 나의 열쇠 꾸러미에 달고 다닌다. 그분의 마음을 잊지 않기 위해서.

애완동물과의 동거

엘리베이터에서 예쁜 옷을 입힌 개를 안고 있는 엄마들을 본다. 개에게 "단비야, 엄마랑 산책 가자"라고 스스럼없이 말한다. '가족의 정의가 바뀌어야 되는 것 아닌가?' 혼자 웃는다. 아파트에서 개를 키우는 것이 금지된 사항이지만 아랫집과 윗집에서 개를 두 마리씩 기른다. 개들이 짖을 때 시끄럽지만 다행스럽기도 하다. 우리 아기가 우는 소리보다 개 짖는 소리가 더 클 때는 덜 미안하기 때문이다.

우리 집에서 동거했던 동물들은 햄스터, 거북, 고양이, 강아지, 미니 토끼, 금붕어, 병아리, 뱀장어 등이다. 이 가운데 거북이가 7년 정도로 가장 오래 살았다. 한번은 새끼 거북을 사서 어항에 넣었더니, 녀석들이 배가 고팠는지, 영역 싸움을 했는지 덩치 큰 거북이 새끼 거북의 목을 잘라 먹은 사건이 발생했다. 분노한 남편이 그 거북들을 빨간 노끈에 대롱대롱 매달았다. "새끼의 머리를 먹은 너희들 혼나봐!"라며 호통을 쳤다. 거북을 가장 사랑한 남편에게 거북은 더 이상 동물이 아닌 훈계해야 할 자식으로 변화된 것 같았다. 거북에게는 당연한 일이었을지도 모르는데 인간에게는 금지된 일이었기 때문에 거북은 꾸중을 들어야만 했다. 몇 년이 지난 후 강물에 데려다주었다. 떠날 때 그 거북들이 뒤를 한번 돌아다보는 표정은 아련한 무언가를 남겨주었다. 그동안 길러준 것에 대한 감사의 인사 같았다. 그렇게 해석하면서 거북과의 이별을 수용했는지도 모를 일이다.

남편이 예쁜 바구니에 담아온 미니 토끼 한 쌍은 아주 특이한 인상을 남겼다. '한 놈'은 아주 날래고 호기심이 왕성했고, '다른 한 놈'은 겁이 많고 소심했다. 배추 잎사귀를 즐겨 먹었다. 우리가 집을 비우면 온 집 안을 돌아다니며 오줌을 쌌다. 침대 밑에 싸면 냄새가 지독했다. 시골 할아버지 댁으로 보냈다. 그런데 어느 날 꿈에 토끼가 공중에 떠 있는 모습이 보였다. 이상해서 전화를 했더니 그날 밤에 토끼가 설쳐 텔레비전 위에 바구니를 놓았더니 한 놈이 뛰어내리다 그만 죽었다는 것이었다. 토끼가 자신의 죽음을 나에게 알린 것 같아 놀라고 미안했다. 겁이 많던 다른 토끼는 개에게 물려 죽었다. '동물에게도 영혼 같은 게 있지 않을까?' 이런 생

목련꽃 떨어진 자리

각을 그때부터 품게 되었다. 인간 중심으로 사유하는 체계에 이상한 빗금이 그어지는 순간이었다.

저녁 산책을 하러 마당으로 나갔더니 병아리가 삐약삐약 울면서 따라왔다. 저리 가라고 해도 계속 현관까지 따라왔다. 동거가 시작된 지 일주일 만에 비실비실 아팠다. 흙 침대에 눕혀 정성을 다해 간호했더니 다시 살아나 팔딱 일어났다. 삐약삐약 울 때는 정말 사랑스러웠다. 그래도 며칠이 지난 후 죽었다. 갓 태어난 아기를 돌보듯 그 작은 병아리를 정성을 다해 간호했는데 기운이 빠져 시들어가는 모습은 참 안타까웠다.

몸이 피곤하다 말했더니 이웃 사람이 뱀장어를 푹 고아 먹으라는 조언을 했다. 크게 마음을 먹고 시장에 가서 살아 있는 뱀장어를 사와 커다란 솥에 넣었다. 힘이 얼마나 좋은지 아니면 살고 싶은 욕망이 강렬했던 탓인지 뱀장어가 솥뚜껑을 열고 튀어나와 싱크대 뒤로 숨어버렸다. 차마 요리를 할 수 없어 어항에 넣어 한 달 정도 길렀다. 새끼 거북이 자기가 먼저 왔다고 늦게 들어온 덩치 큰 장어에게 끊임없이 대들었다. 한 지붕 아래 살았던 인연 탓에 뱀장어가 죽어도 요리를 할 수 없어 아랫집 사람에게 주었다.

애완동물이 사람보다 더 소중한 시대가 되었는지 모른다. 사람 사이의 다정한 접촉이 적어지고 그것을 다른 것으로 채우려 하기 때문일 것이다. 인간관계의 껄끄러움과 은근한 갈등을 회피

하고 그냥 있는 그대로의 자신을 받아주는 존재를 향한 욕망이 동물에게 투사된 것이다. 복잡 미묘한 심리적 갈등에서 벗어나 현대인은 애완동물과의 편안한 관계에서 더 많은 위로를 받는지도 모른다. 동물과의 소통에서는 적어도 인간이 주인의 역할을 계속할 수 있는 어떤 매력이 작용할 것이다. 사회생활 이면에는 눈치와 배려와 권력관계가 내재되어 있어 다수의 사람들이 복종이나 굴욕적인 위치까지 감수해야 하지만, 동물과는 그럴 개연성이 거의 없다.

　　빨간 구두까지 신은 애완견이 지나가는 것을 본다. 가끔 산책로에 뒹구는 개똥 때문에 신경질이 올라오지만 귀족처럼 우아한 개를 보면 웃음이 나온다. 손을 뻗어 만져보고 싶지만 미소만 던진다. 빈민가 쪽방에서 외로이 늙어가는 노인의 얼굴과 사랑스러운 시추의 경쾌한 발걸음이 겹쳐 보이는 저녁이다.

　　　　　　　　　　　　　　　　　목련꽃 떨어진 자리

나를 파괴할 권리와 합법적 살인

　　살아가면서 힘든 순간에 한 번쯤은 누구나 자살의 유혹을 느낀다. 내면에 잠재된 자기 파괴의 충동과 검열 사이에서 고뇌하다 자살을 선택하는 경우도 있지만 다수의 사람들은 그 유혹을 극복한다. 자살이 왜 죄가 되는가? 기독교 교리에서는 자살한 영혼은 지옥으로 간다고 금기시한다. 유교에서도 신체는 부모에게 받은 소중한 것이니 다치거나 함부로 다루지 말라고 교육한다. 특히 자살은 아주 치명적인 불효이다. 무릇 모든 생명은 소중한 것이며, 인간의 목숨은 그 무엇보다 가치 있는 것이다. 결혼해서 자식을 낳아보면 자식의 목숨이 얼마나 소중한지를 본능적으로 저절로 깨닫게 된다. 자식이라는 존재가 고귀하기 때문에 위급한 순간이 닥치면 부모는 기꺼이 자신의 목숨을 내던지기도 한다.

김영하의 소설『나는 나를 파괴할 권리가 있다』에서 작중 화자는 작가이면서 자살을 안내하는 도우미이다. 그는 유디트와 미미가 죽음에 이르도록 안내한다. 악마적 존재이지만 현대인의 어두운 초상처럼 다가온다. 정작 그들을 죽게 만드는 것은 타자의 내면에서 울려오는 신음 소리를 외면하는 우리들인지도 모른다. 에로틱한 문체와 자극적인 소재를 담은 이 소설은 삶과 죽음의 경계에서 미묘한 줄타기를 한다.

　　한편 공지영은 소설『우리들의 행복한 시간』에서 사형 제도의 합법성이 과연 정당한 것인지를 질문한다. 죄인을 처벌해온 방법들, 즉 능지처참, 화형, 단두대, 십자가, 심지어 맹수의 먹이가 되게 하는 방법 등은 인간의 야만성을 교묘하게 합법화시킨 경우이다. 사형에 대해 새로운 성찰이 요구된다. 살인의 동기나 욕구 같은 범죄 심리에 대한 연구가 진척되어왔다. 흉악범의 경우 뇌나 신경 계통의 이상이 발견되거나, 가정이나 사회적 문제가 중첩된 사례가 많다. 치명적인 연쇄살인범은 종종 정신적 질병을 수반한 사례도 더러 있다. 사형보다 다른 대안들을 다각적으로 고려할 필요가 있다.

　　두 소설을 읽다 안락사를 생각해본다. 의학은 질병에 대한 공포를 없애고 인간의 생명을 연장시켜왔다. 그러나 살아 있는 것이 더 고통인 식물인간이나 말기의 환자에게 억지로 생명을 연장시키는 것이 옳은 일인지 의구심이 생긴다. 인간이 존엄하게 죽을 권리를 선택할 수는 없을까. 스위스는 안락사를 허용하는 범위가 보다 폭넓게 적용되는 국가이다. 우리나라에서도 억지로 생명을 연장하는 치료에 대해서는 새로운 시각이 필요할 것이다. 요양 병원에 가보면 말기 환자들이 유령처럼 누워 있다. 누구를 위해 생명을 연장하는 것인지 깊은 회의가 들 때가 있다. 때로는 죽음이 축복처럼 여겨지기도 한다. 삶이 행복하게 지속되어야 하듯, 죽음을 품위 있게 맞이할 권리를 인간이 가질 수는 없는가.

생명의 진정한 주권은 누가 가져야 할까. 나라는 주체일까. 국가의 법률일까. 하느님이란 존재일까. "아, 죽고 싶어"는 "나 정말, 정말 살고 싶어!"의 또 다른 목소리가 아닐까. 자살의 유혹을 걷어내줄 따스한 손길이 고통에 떠는 양들에게 필요하다. 가끔은 삶과 죽음을 초월한 선사들이 부럽다. 자신이 가야 할 시간을 알고, 그 시간에 맞추어 삶을 훌훌 벗어버릴 수 없을까. 스스로 유유히 생사를 건너갈 수 있고, 새로운 삶을 선택할 수 있는 권리와 능력을 가질 수 없는 걸까. 관 밖으로 두 발을 내민 부처의 마지막 설교처럼, 삶과 죽음의 진정한 주인이 되고 싶다.

느릿느릿 만년을 사는 거북처럼

　하늘이 맑고 드높다. 해운대 바다도 푸른빛이 더 깊어졌다. 여름에 보았던 영화 〈명량〉이 잠시 스친다. 역대 최고 관중을 동원한 영화가 부러우면서 현대는 더 이상 문학의 시대가 아닌 영상의 시대라는 생각이 든다. 독자 수가 가장 적은 시라는 장르를 전공하고 창작하는 나 자신이 측은하다. 시 창작과 평론을 병행해오면서 가끔 보상이 너무 적어 누군가 시인이 되겠다고 하면 말리고 싶다. 가을호 문예지에 서평 두 편을 힘겹게 적어 보냈다. 원고료를 받았는데 정기구독을 부탁한다. 출판사의 형편도 어렵기 때문이다. 쥐꼬리만 한 원고료도 지갑에 들어오지 않는다. 옥션에서 보낸 책에 실린 그림 가격을 보면 더 기가 꺾인다. 거창한 무엇을 바라고 문학을 전공한 것은 아니지만 자본주의 사회에서 경제적 능력으로 환산되지 않을 때, 때로는 자괴감이 든다.

자본주의가 강조하는 이윤 중심의 가치가 일상 안에 너무나 깊게 스며 있다. 이 시대에 무능력한 시인이나 소설가가 존재해야 하는 이유는 무엇일까? 이익이 창출되는 분야나 취직하기 용이한 학과만 살려두고 임의로 학과를 통폐합하도록 유도하는 교육부의 정책이 과연 의미가 있는 것일까? 인문학을 옹호한다고 각종 포럼이나 초청 강연은 늘지만 정작 대학에서의 입지는 더 열악해지고 있다.

졸업할 때 입는 학사복 깃의 색깔은 고유한 상징을 지닌다. 인문대 졸업생들의 색깔은 흰색이다. 왜 흰색일까? 아마도 학문의 기본이라는 의미를 강조한 것일 것이다. 모든 학문의 기본은 인간애를 바탕으로 하는 교양이 전제되어야 한다. 그것이 실용적인 가치에 함몰되어야 하는가? 취직이 잘 안 된다는 이유 등으로 사학, 불문, 독문, 사회학, 문예창작 등의 학과가 점점 대학에서 사라지는 추세이다. 왠지 씁쓸하고 우울해진다.

대학 졸업생들이 취직을 못한 채 배회하는 것이 꼭 전공 탓은 아닐 것이다. 돈을 많이 벌지 않아도 정말로 하고 싶은 것을 하면서 살 수 있는 성숙한 사회적 분위기가 그립다. 자본이 특정 소수에게만 집중되지 않고, 좀 더 공공 자산이 풍부한 여건이 조성되었으면 한다. 시를 쓰거나, 소설을 쓰면서 좀 못살아도 삶의 의미를 꽃피울 수 있는 풍토가 필요하다. 꼭 출세하지 않아도 무시하지 않고, 서로 존중해주며 살아가는 여유가 중요하다. 안빈낙도를 즐긴 옛 선비들의 정신이 새삼 멋스럽게 다가오는 계절이다. 타자를 존중하기보다 타자를 지배하고 군림하려는 욕망이 팽배한 사회는 천박하다. 미친 듯이 자본과 권력에 몰두하도록 밀어붙이는 거센 흐름을 정화해줄 사유가 인문대학에 더 깊이 뿌리내려야 한다. 다 자라지도 않은 인문학의 뿌리를 성큼 뽑아버리는 교육 정책은 재고해볼 필요가 있다.

최근 작가회의에서 세월호 유가족을 위로하고 사회적 변화를 촉구하는 의미로 한 줄 글쓰기 작업을 한다. 문학에게는 화려한 영광의 자리보다는 실패의 자리가 본거지처럼 여겨진다. 무한 경쟁을 부추기는 기괴한 흐름에서 문학은 늘 소외되고 낙오한 자에게 시선을 맞추기 때문이다. 극소수의 승리자를 위해 다수가 희생되는 구조가 사회의 모든 영역에 만연해 있다. 결국 누구나 가장 낮은 밑바닥으로 추락하는 것이 어쩌면 인생의 본질인지도 모른다. 죽은 자가 땅속에 묻히듯이, 잠시 화려하게 빛날지라도 마른 낙엽처럼 말라가는 것이 삶이다.

자신의 이름을 남기려는 열망에 사로잡히거나, 자신의 업적을 남기려는 마음이 과잉일 때에 문화나 교육 정책이 단기적인 안목에 사로잡혀 큰 그림을 그르치게 되는 경우가 많다. 나쁜 정책을 도입하고 무책임하게 물러난 공무원에게 책임을 묻는 것은 어떨까. 그러면 더 복지부동이 되어 더 나빠질지도 모른다. 좀 더 멀리 바라보고, 좀 더 천천히 걸어가도 좋은 것이 문화인지도 모른다. 문학의 발걸음이 한없이 더디고 느려도 어쩌면 가장 긴 생명력을 담은 것이기에 그럴 것이다. 느릿느릿 만년을 산다는 전설 속의 거북처럼.

목련꽃 떨어진 자리

2

등불을 든 눈사람

뮤즈

시의 영감을 주는 존재는 어디에서 오는 걸까? 난 러시아의 소설가이자, 라이너 마리아 릴케와 프리드리히 니체의 연인이기도 했던 루 살로메(1861~1937)를 사랑한다. 그녀는 러시아 상트페테르스부르크의 겨울궁전 맞은편에 있는 대저택에서, 로마노프 왕가에 봉직했던 러시아 장군인 아버지와 독일계 어머니 사이에서 5남 1녀 중 막내딸로 태어났다. 당대 유럽 최고의 천재들과 사랑을 나누었던 그녀는 후기에는 정신분석가인 프로이트와도 지적인 교류를 나눈 비범한 여인이다. 그녀의 20대 사진을 보면 정말이지 황홀할 정도로 매혹적이다. 살로메의 풍만하고 아름다운 바디라인과 그 이지적인 얼굴을 잊을 수 없다. 무엇보다도 세속적인 관습이나 편견을 뛰어넘는 자유로운 그녀의 삶에 깊은 공감과 동경을 품는다.

루 안드레아스 살로메

    그녀가 무수한 20세기의 뛰어난 지성들을 전율시켰던 비결은 무엇일까? 그녀의 결혼 생활은 독특하다. 그녀는 스물두 살이었던 1882년부터 철학자 파울 레(33세)와 니체(38세)와 동거한다. 젊은 아가씨가 두 명의 남자와 동거하다니, 지금도 특이한 상황인데 그 시대에는 더하면 더했지 덜하지는 않았을 것이다. 이 관계는 순탄하지 못했다. 니체와 헤어지고 나중에 파울 레와 5년간 동거하지만 육체적인 관계는 없었다. 불행하게도 몇 년의 세월이 지난

등불을 든 눈사람

후 파울 레는 자살하고, 니체는 정신병원으로 가게 된다. 1887년 그녀는 돌연 프리드리히 카를 안드레아스라는 동양학자와 결혼을 감행했는데, 처음부터 부부관계가 배제되었다. 안드레아스는 그녀에게 프러포즈를 했다 거절당하자, 갑자기 칼을 빼들어 자기 가슴을 찔러버렸다. 그것에 놀라 청혼을 받아주고 결혼했지만, 정상적인 부부관계가 아니었다. 살로메는 자유롭게 다른 남성들과 여행을 다니거나 연애를 했다. 아이를 임신한 적도 있지만 유산했다. 남성에게 예속되기를 거부했던 그녀는 정신적 연애를 하는 상대와 육체적 관계를 맺는 연인을 분리했다. 오래전 소녀 시절에 살로메의 평전 『나의 누이여, 나의 신부여』를 감동적으로 읽었지만 아직까지도 그녀의 실체에 다가가기는 쉽지 않다.

　　무엇보다 그녀가 가장 큰 영향을 미친 예술가는 릴케이다. 그녀가 서른일곱이었고 열네 살 연하였던 릴케는 그녀와 함께 러시아 여행을 했을 뿐 아니라 약 4년간 불꽃 같은 사랑을 하고, 시 세계도 크게 변화하게 된다. 그를 예술계의 여러 인사들에게 소개시켜준 것도 그녀이다. 심지어 릴케의 이름을 르네에서 라이너로 바꾸도록 조언했다. 릴케는 죽는 순간까지도 살로메를 잊지 못했다고 한다. 그가 쓴 시를 보면 그가 얼마나 살로메에게 매혹되었는지 알 수 있다.

내 눈을 감기세요

- R. M. 릴케

내 눈빛을 지우세요
나는 당신을 볼 수 있습니다.

내 귀를 막으세요
나는 당신을 들을 수 있습니다.

발이 없어도 당신에게 갈 수 있고
입이 없어도 당신을 부를 수 있습니다.

나의 양팔이 꺾여 당신을 붙들 수 없다면
불타는 심장으로 당신을 붙잡을 것입니다.

나의 심장이 멈춘다면 나의 뇌수라도
그대를 향해 노래할 것입니다.

나의 뇌수마저 불타버린다면
나는 당신을 내 피 속에 싣고 갈 것입니다.

아마도 살로메는 정신적으로 불안했던 릴케에게 심리적 안
정감과 예술적 영감을 주는 원천이었을 것이다.

그리고 초현실주의를 이끌었던 프랑스 시인 폴 엘뤼아르와
화가 막스 에른스트와 살바도르 달리의 뮤즈였던 갈라 역시 신비

스런 인물이다. 특히 엘뤼아르와 결혼해 낳은 딸 세실이 있었음에도 불구하고 연하의 달리를 선택하고 그를 위해 전적으로 몰입했던 갈라의 선택은 미술사에 한 획을 긋게 된다. 영국의 소설가 D. H. 로렌스를 매혹시켰던 프리다 위클리 역시 스승의 아내이면서 세 아이의 엄마였지만 젊은 소설가와 야반도주를 한다. 당대에는 외설과 윤리적 시각에서 엄청난 비난과 시련을 겪지만 후대 영국인들의 로렌스에 대한 사랑은 엄청나다. 프랑스 상징주의 대가인 보들레르를 새로운 시의 영역으로 이끌게 한 악마적인 뮤즈, 잔 뒤발의 무엇이 그의 영혼을 뒤흔들었을까? 사랑이든 고통이든 예술가에게 영감을 주는 뮤즈는 축복이다.

나의 시에 등장하는 인물들 역시 내게 영감을 주는 존재들이다. 가장 가까이 있는 타인들은 매혹적인 애인이기도 하고, 위선적인 악마이기도 한다. 여러 가지 모습으로 출현하는 존재들이 남기는 삶의 흔적들이 시 속에 여러 모습으로 자리 잡는다. 온 영혼을 전율시킬 정도로 몰아치는 시의 요정을 만나는 일은 기적이다. 에로틱하고 파괴적인 뮤즈들이 뿜어내는 창조적 에너지가 시를 새로운 영토로 휘몰아간다.

성자들의 유머 감각

　가끔 성인(聖人)들의 전기를 읽는다. 가톨릭 성인전은 긴 역사의 호흡마다 개혁을 일구어낸 위대한 성인들의 일화가 가득해 흥미롭다. 성인품에 오른 사람들이 아주 경건하고 엄숙한 사람일 것 같지만 정반대의 경우가 훨씬 많다. 엄격한 봉쇄 수도원인 가르멜을 창립한 테레사 성녀 역시 유머 감각이 아주 뛰어났다고 한다. 수도 생활을 오래 한 사람일수록 늘 잔잔한 기쁨에 찬 일상을 영위한다고 한다. 천국이나 극락이 죽은 이후에 가는 세계라고 보기보다는 '지금, 여기'의 세계에서 천국의 기쁨을 나누는 데 더 큰 의미를 둔다.

　성인들의 공통된 특징은 첫째, 주위 사람들을 아주 편안하게 해주었고, 둘째 일상 안에서 기쁨과 평화를 전해주었다는 점이다. 놀랍게도 대부분의 성인들은 탁월한 유머 감각의 소유자였다. 그들은 일상 안에서 무거운 분위기를 전환시키는 따스한 유머로써 사람들을 즐겁게 했다. 최근에 돌아가신 교황님 역시 예외가 아니었다. 타인을 배려하려는 따뜻한 마음과 여유에서 유머가 우러나온다.

'미인을 얻고 싶으면 유머 감각을 개발하라'는 속담이 있다. 가만히 보면 개그맨들의 아내들이 본인보다 훨씬 미모가 출중한 경우가 많다. 보통 사람들도 함께 있으면 웃음이 나고 즐거운 분위기를 불러오는 사람을 좋아한다. 나도 가끔 웃기는 농담을 하고 싶다. 사석에서는 내게 가끔 엉뚱한 4차원의 매력이 있어 자신들을 즐겁게 한다는 말을 듣곤 했다. 어디로 튈지 모르고 특이한 생각도 자주 한다는 얘기를 들었다.

내 소망 중의 하나는 강의를 할 때, 학생들이 배꼽을 잡고 웃게 만드는 것이다. 그것이 너무 어렵다. 나름대로 웃기는 얘기를 꺼내도 나만 웃거나 학생들은 싸아하니 썰렁해진다. 행복하고 즐거운 수업 분위기를 만들고 싶은데, 왠지 딱딱해지고 재미없는 강의실이 될까 봐 두렵다. 아마도 나 스스로 즐겁지 않아 그런 것은 아닐까? 특히 시 창작 수업에서는 과도할 정도로 스스로 긴장한다. 지식 전달이 아닌 학생의 창의성을 끌어내야 한다는 사명감에 불타 오히려 그들을 고문하는지도 모른다. 온갖 정성을 들여 강의 계획서를 만들고 자료를 정리해도 강의 평가의 결과가 나쁠 때도 있다. 수업에서도 힘을 쭈욱 빼야 한다. 그것이 고수의 방식인데……. 아, 고수의 삶은 어렵다. 죽으면 살아생전의 업에 따라 갈 길이 나뉜다는데, 아이러니하게도 현생의 삶 역시 끊임없는 평가의 연속이다. 매일매일 저울 위에 올라가는 삶이다. 저울의 추가 무겁든 가볍든 나 스스로 행복해지는 연습이 필요하다. 오늘이 가장 행복한 날이다. 내일을 알 수 없으니까.

미국 정치인들은 연설할 때, 반드시 유머를 한 가지 정도를 넣어야 한다. 촌철살인의 빛나는 유머가 국정의 난제를 해결하는 데 윤활유 역할을 하기 때문이다. 특히 우리나라 정치인들은 유머 감각을 길러야 할 것 같다. 여당과 야당이 서로 잡아먹을 듯 얼굴을 붉히고 싸우는 상황이 지겹다. 입술로만 국민을 위하고 사실은 자신들의 권력과 이권을 유지하려는 욕망이 가득하다. 상상해보라. 국회에서 웃음꽃과 박수 소리가 그칠 날이 없다는 논평이 나오면 얼마나 국민들 마음이 편안할 것인가. 심각한 상황에서도 잠시 여유를 가지는 유머가 우리에겐 필요하다. 소박한 성인들처럼!

지리산에서 만난 산신

    작년 여름 지리산 천왕봉으로 등산을 갔다. 남편과 둘이서 가는 길이라 나는 엄살을 부렸다. 조금 올라가면 배고프다며 김밥과 과일을 꺼내 먹고, 다리 아프다고 쉬었다. 한참 올라가다가 남한에서 가장 높은 곳에 위치한 절로 유명한 법계사에 도착해 점심을 먹었다.

    일제 시대에 한국인의 정기를 끊는다고 일본인이 그곳에 쇠말뚝을 박기도 했다. 제국주의의 야수적인 공격성은 어디서 비롯된 걸까. 타자를 억압하고 핍박하는 본성이 국가라는 집단을 통해 발현된 현상이다. 그 유령이 현대에도 종종 출현하는 것을 보면 두려움이 느껴진다. 국가라는 이름으로 자행되는 폭력은 은폐되기 쉽고 심지어 미화되어 교과서에 실린다.

산신각에 가서 절도 하고 지리산 산신께 천 원을 올렸다. 그리고 다시 천천히 산을 올랐다. 결국 정상에 도착하니 오후 5시였다. 아, 그런데 그 높은 산을 애써 올랐는데 아무것도 보이지 않았다. 그 허탈감이란! 정상을 뒤덮은 안개 때문이었다.

해가 지고 하산을 시작했다. 발목에 무리가 갔는지 갑자기 관절이 아프기 시작했다. 엎친 데 덮친 격으로 비까지 내려 난 징징거리면서 울었다. 먹구름이 낀 산은 갑자기 어두워지고 달빛도 없었다. 산길도 미끄러웠고 두 갈래 길에서는 어디로 가야 할지를 몰랐다. 계곡에 물이 불어나는 소리가 무서울 정도로 크게 울렸다. 몇 번이나 넘어지면서 어두운 산길을 힘겹게 내려오는데 저 멀리 파란 눈빛이 빛났다!

여우인 줄 알았다. 가까이 가보니 하얀 진돗개였다. 백구는 정말 신비로웠다. 마치 우리를 호위라도 하듯 길도 안내하고 돌보아주었다. 그 깊은 밤중에 어찌 진돗개가 혼자 있었을까? 주인을 따라와서 길을 잃은 것일까? 마치 우리를 기다린 듯한 느낌도 들었다. 백구는 불안에 떠는 내 곁을 떠나지 않았다. 특히 두 갈래 길이 나오면 먼저 가서 길을 확인하고는 되돌아와서 제대로 된 길로 안내했다. 너무 이상하고 신기했다. 동물인지 영적 존재인지 궁금하기까지 했다. 우리는 그렇게 네 시간이 넘는 산길을 함께 동행했다. 아파트 실내에서 개를 키우는 것을 싫어하는데도 불구하고 나

등불을 든 눈사람

는 백구는 키울 수 있을 것 같았다.

드디어 마을 불빛이 보이니 백구는 기뻐 날뛰며 쏜살같이 달려갔다. 뒤처진 우리가 마을에 도착했을 때, 이미 백구는 사라진 뒤였다. 골목에 나와 있는 사람들에게 물어보아도 백구를 보지 못했다고 했다.

세상에는 우리가 알 수 없는 존재들이 많다. 지리산을 생각할 때면, 언제나 백구가 생각난다. 백구는 어디로 사라진 걸까? 백구는 지리산의 산신이었을까?

무의식의 빛깔, 보라

　　나의 시에서 떠올릴 수 있는 색채는 무엇일까. 붉은 립스틱을 닮은 빨강도 아니고 지중해의 물빛을 닮은 파랑도 아니다. 두 번째 시집인 『프로이트를 읽는 오전』을 출판할 때의 에피소드가 떠오른다. 그 당시 출판사가 지정한 표지는 글씨 부분을 감싸는 색으로 붉은색을 선택하는 것이 관례였다. 난 그 빨강이 부담스러웠다. 하얀 바탕에 검은 먹물 같은 이미지를 배경으로 일률적인 빨간색 속에 들어간 제목에 거부감이 일었다. 그래서 반경환 주간님과 논의하면서 색깔을 바꾸었다. 그는 지혜사랑 시인선의 빨간색 속 제목을 일관되게 고집했고, 나는 완강하게 그 붉은 전통을 거부했다. 결국 여러 개의 표지를 인쇄해서 판단하자고 했다. 여러 가지 색을 시도해본 후 최종적으로 남은 것은 겨자색과 보라색이었다. 난 보라색을 선택했다.

왜 보라색일까. 『프로이트를 읽는 오전』 시집에서 '무의식'이라는 영역의 다양한 층위들을 드러내고 싶었다. 무의식을 표현하기에 가장 적합한 색은 보라색이 아니겠는가. 책이 출간된 후, 표지 디자인을 하셨던 장석주 선생님께서 보라색을 선택한 것이 좋았다는 말씀을 해주셔서 기뻤다.

빨강은 흔히 말하는 성적 에너지만을 떠올리게 되고, 노랑은 왠지 강박적인 느낌이 들고, 파랑은 우울한 모드가 강하다. 붉지도 푸르지도 않은 그 어떤 경계의 색깔이 보라색이다. 의식과 무의식의 경계를 배회하는 주체의 언어를 독자들이 떠올리게 되기를 희망했다. 이성적이고 합리적이라고 생각하는 자아의 영역에 언제든지 균열이 생길 수 있다. 선명하게 구분되는 논리의 틈새를 비집고 들어갈 수 있는 색은 보라이다. 보라가 갖는 음영의 스펙트럼에 따라 짙은 보라는 우울한 느낌이 있고, 환한 보라는 신비한 느낌이 든다. 여성 주체의 내면은 보랏빛과 닮아 있다. 특히 남성들이 가장 먼저 매혹되는 여성 육체 역시 여러 개의 상징 기호처럼 작동된다. 그 어떤 특정 코드에 한정되지 않는 욕망을 여성의 몸과 기호를 통해 표현하고 싶었다. 시간 속에서 고정되지 않는 모든 존재의 현상들처럼 몸 역시 순간순간 변화하면서 소멸해가는 기호처럼 다가왔다.

말랑말랑한 시계 안에서

내가 해독하고자 하는 기호는
하늘에서 내리는 비였다가
두개골에서 쏟아져 내리는 말씀이었다가
두 다리 사이로 흘러내리는 정액이었다가
두 발바닥 밑으로 달아나는 바람이었다
내가 해독하고자 하는 당신은
침대에 누워 둥그런 젖가슴을 드러낸 채
오월의 햇살처럼 잠들어 있다 벌어진 입술에
내 혀를 겹치면 빨간 튤립이 된다
애무하던 손이 튤립의 치마를 벗기면
툭, 떨어져버리는 꽃잎
모가지만 남은 튤립,
내가 해독하고자 하는 그림은
모나리자의 미소를 비웃는다
알 듯 모를 듯 수수께끼 같은
기호로 가득 찬
말랑말랑한 시계 안에서 길을 물으니
가느다란 손가락이 모나리자의 옷을 벗긴다
살결이 떨어져나간 양파처럼
하나 둘 벗길수록
아무것도 없다!
하얀 피를 생산하는 시계가
몸 안에서 째깍 째깍 돌아가고

내가 해독하고자 하는 몸뚱아리는
둥근 달처럼 시들어간다

— 시집 『프로이트를 읽는 오전』에서

어쩌면, 우리는 사랑이라는 기호를 더 사랑하는지도 모른다. 사랑하는 대상의 사실적 실재보다 우리의 관념이나 환상 속에 자리 잡은 어떤 이미지나 기호에 집착한다. 그래서 그것이 파괴되거나 상실될 때 혼란스럽고 상처를 받는다. 실제로 존재하는 타자보다 내가 상상한 타자를 더 사랑하는 모순을 가진 우리들이다. 그것이 때로는 신의 신비한 영역 혹은 예술의 어느 지점일 수 있다. 내가 상상적으로 조합한 절대의 영역에 종교의 상징이 자리를 잡기도 한다. 죽는 그 순간까지도 진정한 주체의 실체를 인식하지 못하고 죽을지 모른다.

최근에 일본에서 시선집인 『당신이라는 기호(あなたという記号)』가 출간되었는데, 그들이 제작한 표지 역시 연한 보랏빛이다. '당신이라는 기호'가 연상시키는 색채가 알게 모르게 일본인 편집자들의 마음에도 연결된 모양이다. 「기호 이야기」의 첫 구절인 "당신이란 상상 속의 기호를 혼자 사랑했지요"에서 제목을 뽑았다. 시가 번역되어 외국의 독자들을 만나는 것은 신선한 경험이다. 「기호 이야기」 「말랑말랑한 시계 안에서」 「가네코 후미코」 「장미와 살

인 「눈 밝은 사자」 등의 시가 일본 시 전문 잡지 『something』 15호에 소개되었다. 일본 평론가가 선택한 작품이 내가 평소에 좋아하고 아끼던 작품이어서 놀랐다. 사랑하는 연인 사이든지 부부 사이든지 사랑과 증오가 공존하는 삶의 모습을 담고 있는 모습에 그들도 공감한 것 같다. 타인을 사랑한다는 것이 때로는 내 안의 타자를 사랑하는 것일 수도 있고, 내가 상상한 그 어떤 존재를 사랑하는 모순이기도 하다.

기호 이야기

당신이란 상상 속의 기호를 혼자
사랑했지요. 비늘이 벗겨진 물고기 한 마리를
유리병에 넣어 보냈지요. 만 년이 지난 뒤
무의식에 남아 있을지도 모르죠. 당신이란
기호가 꽃으로 피었던 적이 있었다는 것을
당신이 흡혈귀처럼 내 피를 빨아 먹는다는 것을
알게 된 것은 십오 년이 지난 가을이었죠.
당신만 피를 빠는 줄 알았는데 난 당신의
다리에 붙어서 이(蝨)처럼 당신의 살갗에
혀를 갖다 대곤 했죠. 당신이란 기호는
중세의 흑기사처럼 남도를 따라 가다가
해가 떠오르는 새벽에 입맞춤을 했지요.
당신이란 기호를 기다리며 붉은 와인을
식탁에 놓고 멍하니 바라보곤 했지요.

밤마다 낡은 옷장 문을 열고 내려와
이부자리에 나란히 눕는 당신이란 기호는
거대한 박쥐가 되어 천장으로 올라갔지요.
형광등이 뜨거울 거야. 조심해. 얄밉기도
하지만 당신이란 기호가 오래 오래 내 곁에
머물기를 바라지요. 혼자 찬밥을 먹는
중세의 겨울 저녁을 견딜 수 없을 거야
당신이란 기호를 그리워하는 또 하나의 기호.

— 시집 『프로이트를 읽는 오전』에서

보라색 원피스를 입고 신비스러운 시의 숲으로 들어가고 싶다. 다양한 색깔의 감정들이 순간순간 일렁이다 사라지는 바다의 표면처럼 늘 고정되지 않는 채 밀려왔다 사라진다. 어제는 갑자기 걸려온 전화를 받다가 여름 샌들을 잃어버렸다. 구두 가게에서 수선하고 돌아오는 길인데 통화에 열중하다 보니 작은 가방을 길거리 혹은 어느 복도에 두고 온 것이다. 뒤돌아가서 찾아보았지만 이미 사라진 뒤였다. 얼마 신지 않은 샌들이어서 누군가 가져간 것 같다. 영원할 것 같은 대상 혹은 사물이 문득 사라졌을 때, 소중함을 새삼 느낀다. 내가 이 세상에서 사라진 뒤에 순간순간 애태우며 창작한 이 시편들이 살아남을 수 있을까? 보랏빛 음악처럼 누군가의 가슴에 남아 있을까. 문득 허무한 감정이 밀려든다. 읽을수록 매혹되는 시를 쓰고 싶은 가을, 상큼한 사과를 한 입 깨문다.

당신이라는 기호

1. 경계를 넘나드는 기호

　뮤즈가 걸어온다. 나는 질문한다. 시가 태어나는 곳은 어디인가요? 뮤즈가 대답한다. 의식과 무의식의 경계에서 태어나지요. 나는 질문한다. 뮤즈는 어디에 존재하나요? 뮤즈는 당신일 수도 있고, 타자일 수도 있고 당신 안의 절대자일 수도 있지요.

　나는 고요히 입술을 열어 대답한다. 시가 태어나는 곳은 바람이 태어나는 곳이지요. 그 어디에도 머물지 않고 그 무엇에도 집착하지 않는 무엇이지요. 의식의 층위에서 언어의 배치를 추구하지만 그 미세한 언어의 결 너머에 존재하는 무의식이 드러나는 공간이 시이지요. 시의 혈관처럼 흐르는 리듬, 호흡, 시선, 시어들 틈

사이로 미끄러지듯 출현하는 기호들. 그것은 실재의 시선일 수도 있고 공포일 수도 있지요.

기호들의 유희가 시이기도 하지요. 당신의 사랑도 기호의 속삭임이지요. 내가 사랑하는 당신은 이미 기차를 타고 떠났지만 당신은 나의 침대 속에 머물고, 나의 식탁에 머물고, 당신이라는 기호를 추구하는 환상이 존재하는 공간이 시이지요.

2. 익숙하면서도 낯선 기호

뮤즈와 대화를 이어나간다. 난 익숙한 세계에서 낯선 공포와 희열과 뜨거운 욕망을 추구해요. 전의식의 검열을 피해 매끈매끈하게 도망치고 싶어요. 내 안에 존재하는 무수한 욕망의 언어들, 주검들, 기호들이 어긋나는 순간을 보여주고 싶어요. 내 안의 무수한 풍경을 시 속에 풀어놓고 슬픈 타자들을 불러오지요. 눈이 먼 당신, 귀가 먼 당신, 아니, 귀를 막고 눈을 감고 어떤 때는 문을 쾅 닫아버리지요. 제발, 내게서 떠나줘, 그럴 때 시가 어두운 장막을 찢고 걸어 나오지요. 그 익숙하면서도 낯선 기호들의 세계, 그 짙은 매혹의 세계에서 허무한 곡예사처럼 밧줄 위에서 춤을 추지요. 아슬아슬하게 밧줄과 허공 사이를 넘나드는 곡예사의 발바닥, 시는 하얀 백지 위에서 까만 발자국을 남기며 춤을 추지요.

시는 아득한 수평선처럼 아무도 닿지 않은 곳으로 떠나는 것이지요. 현실과 환상 사이에서 구축하는 거대한 신전 혹은 신비한 정원이기도 해요. 그곳에는 주로 유령들이 출현하지만, 빛처럼 빠른 속도를 사랑하는 기계도 존재해요. 찬란한 기계문명 속에서 난 언어의 기계가 되어가지요. 때로는 재즈 같은 선율을, 때로는 탱고 같은 음악을 연주하지요.

검은 머리카락을 풀어헤친 메두사처럼 에로틱하면서도 낯설고 이상한 기호들의 세계가 내가 꿈꾸는 시의 공화국이지요. 독재자의 입안에 권총을 들이밀기도 하고, 그 권총이 자신의 심장으로 향하기도 하고, 가장 사랑하는 연인의 손바닥을 꿰뚫기도 하지요. 팡, 팡, 총알이 터지는 순간 환상적인 불꽃이 바다 위에서 피어오르지요. 죽음과 탄생이 공존하는 그 어떤 공간이죠. 폭력과 애정과 불신과 질투가 존재하지만, 가장 부드럽고 따스한 연민이 존재하는 공간을 그리워하는 뮤즈이지요. 선과 악이라는 이분법이 녹아내리는 시계처럼 무의미해지기도 하지요. 말랑말랑한 시계처럼 내 몸 안에서 피어나는 언어들, 의식을 떠도는 기호들, 그리고 스믈스믈 기어오르는 음악이 번져나가지요.

3. 세 여신의 가계도

　　신화 속에 등장하는 이시스, 메두사, 마리아를 떠올려보아요. 난 절대적인 아버지가 부담스러웠어요. 대문자로 상징되는 아버지는 억압이기도 하고 지배자이기도 하지요. 아버지의 거친 숨결 사이에서 부드러운 입맞춤으로 등장하는 여신들이 무겁게 느껴졌어요. 그리스의 물탱크에서 머리가 거꾸로 처박힌 메두사를 보면서 구토가 나왔어요. 역사라는 거대한 허구의 틀 이면에서 늘 딸꾹질을 해야만 했던 가엾은 엄마가 떠올랐지요. 숭고한 모성이 역겨웠어요. 특히 기존의 시적 화법에 등장하는 희생적이고 헌신적인 모성의 이미지가 새로운 억압처럼 다가왔어요. 엄마를 해방시켜주고 싶었죠. 때로는 아주 강한 태양처럼, 풍요로운 들판처럼, 강력한 군주처럼 그 무엇에도 구속당하지 않게 만들어주고 싶었죠. 때로는 집을 불살라버릴지라도. 혁명은 그렇게 오는 것이잖아요? 피 흘리지 않는 혁명은 드문 법이지요.

　　내 안에 날렵하게 칼을 부리는 무사가 있음을 알았죠. 그것이 언어의 칼날이든지 지성의 칼날이든지 그 무언가의 경계를 거슬러 어디론가 달리고 싶었죠. 내게 존재하는 질주의 본성이 경주마를 달리게 하고, 경주차를 달리게 하지요. 난 기계문명을 사랑해요. 있는 그대로의 자연도 아름답지만 인공이 가미된 자연을 더 사

　　　　　　　　　　　　　　　　등불을 든 눈사람

랑해요. 잘 다듬은 정원과 멋진 골프장처럼 인공과 자연이 공존하는 세계, 시에서도 자연과 문명이 공존하면서 비틀거리고 환하게 어울리는 그런 공간을 꿈꾸지요.

생태주의의 시각에서 정복의 대상이 되어온 자연과 여성의 이미지가 겹쳐지지만, 그러한 논의를 벗어나 새로운 자연과 여성을 탄생시키고 싶어요. 날카로운 기계의 톱니바퀴마저도 둥근 젖가슴에 포용하여 기계문명과 자연이 공존하는 어떤 신화를 창조하고 싶어요. 현대사회의 신화는 기계에 의존하고 있고, 아바타도 신화적 구현이라고 볼 수 있지요. 들뢰즈의 사유 체계처럼, 거대한 나무가 울창한 세계를 넘어 구근처럼 넓은 관계 속으로 뻗어나가는 세계를 꿈꾸지요. 얽매이기보다 자유롭게 탈주하는 시의 몸짓을 갈망하지요.

세 여신의 가계도

이시스(Isis)

엄마는 조각 천을 이어 밥상 덮개를 만들었어. 엄마는 공중을 나는 곡예사가 되고 싶었대. 빨랫줄에 양말을 널고 있는 엄마는 슬퍼 보였어. 엄마는 식은 밥을 먹었어. 엄마 생일날 미역국을 끓이지 못했어. 칼에 손가락을 베일까 두려웠어. 엄마는 밥그릇을 아랫목 이불에 넣어 데우고 있어. 죽은 아빠가 돌아

오실 때까지.

부활의 신이 오시리스인 줄 알았어. 아니야. 이시스였을 거야. 남편의 시체를 실과 바늘로 꿰매지 않았으면 오시리스는 사막의 모래알로 흩어졌겠지. 십자수를 놓는 내 혈관 속에 흐르는 이시스. 아빠가 돌아가셨을 때 엄마는 울지 않았어. 관을 무덤에 넣는 순간, 엄마 눈에서 화산이 터졌어. 봄비 내리는 언덕에 아빠를 묻은 엄마는 절만 했어. 운흥사에서 49일째 되던 날, 엄마는 아버지의 관을 어깨에 메었어. 하늘로 올라가는 밧줄 위에서 춤추는 곡예사가 되었지.

메두사(Medusa)

이집트 미라를 보면 소름이 돋아. 이스탄불에서 메두사를 만났어. 로마시대에 지은 거대한 지하 물탱크로 들어갔어. 맨 밑바닥에 메두사 머리가 처참하게 뒤집힌 채 처박혀 있었어. 로마의 영광은 메두사의 수난을 먹고 자란 꽃이야. 물구나무서서 세상을 노려보는 메두사의 눈. 슬픈 우물을 본 내 눈에 상처나무가 피어났어.

마리아(Mary)

이시스의 아들 호루스처럼 예수는 왜 남근이 없는 아빠를 가졌을까? 마구간에서 자른 예수의 탯줄을 누가 가져갔을까? 나도 신이 되고 싶어. 처녀 마리아는 아이를 낳아 성스러운 여신이 되었는데, 뒷집 처녀가 아이를 가져 배가 불러오니까 난리가 났어. 산부인과로 끌려가면서 소처럼 울었어. 마리아와 메

등불을 든 눈사람

두사의 얼굴에 차이를 새기는 조각가의 슬픈 손가락.

　… 그리고 나

　매의 알에서 내가 태어났다는 얘기를 무녀로부터 들었어. 바
다의 물고기였던 때도 있었대. 어항을 봐, 눈만 껌벅이는 금붕
어가 하느님을 놀렸어. 이젠 지겨워. 식탁에 꽂은 꽃이 웃음을
터트렸어.

　"금붕어 비늘에 장미가 피었어"

　세 여신이 나를 안고 빛의 심장 속으로 날아갔어. 잠든 것도
꿈꾼 것도 아니야. 무한한 중력 속으로 빠져 들었어. 바다가 산
산이 찢어지는 힘이 느껴져. 신비스러운 사랑의 느낌. 램프의
불빛이 꺼져버렸어.

　장미가 금붕어를 삼킨 비밀을 예언한
　세 여신의 딸들이 램프를 켜는 밤에
　생겨난 이상한 사건이었어.

4. 아나키스트, 가네코 후미코

　나혜석, 가네코 후미코, 조지아 오키프, 버지니아 울프, 메
리 셸리…….
　시 속에 등장시킨 여성 인물들이지요. 가장 혁명적 에너지

가 강한 인물은 가네코 후미코이지요. 얌전하고 체제 순응적인 나 자신이 권태롭고 지겨울 때, 난 강렬한 열정을 가진 후미코를 떠올려요. 일제 시대 사랑했던 남편 박열과 함께 일본 천황을 암살하려 했던 그녀의 세계관은 시대를 앞서간 것 같아요. 국가나 민족에 대한 이데올로기를 뛰어넘어, 학대받는 타자에 대한 깊은 공감에서 우러난 행동이어서 깊이 존경하지요. 국가라는 이데올로기의 허구성을 예리하게 직시한 그 시선이 놀라워요.

난 직업을 갖고 경제력을 갖고 싶어요. 여성 문학인의 전형을 보여준 버지니아 울프의 「자기만의 방」에 깊은 영향을 받았어요. 여성에게 경제적 자립과 교육이 얼마나 중요한지를 역설하는 울프와 오늘 밤 깊은 키스를 나누고 싶어요. 남편이 벌어주는 편안한 돈의 가치보다 힘들어도 내가 벌어들이는 서푼어치의 돈이 훨씬 소중하고 값진 것이지요. 경제적인 독립이 가져다주는 자유는 여성들에게 엄청 소중하지요. 가난한 시인의 삶이 독자들에게 위안은 될지 몰라도 정작 시인들에게는 불편하고 많은 제약을 받게 되지요. 지나치게 경쟁적이고 타자에 대한 배려를 망각하는 자본주의의 왜곡된 시스템도 문제이지만, 시인의 가난이 찬미가 될 수는 없을 것 같아요. 자신의 직업에 충실하면서도 세련된 시를 써내는 시인이 멋있어 보여요.

나혜석과 조지아 오키프는 화가이지만, 그들의 정신세계와 미적 열망이 많은 용기를 주지요. 자신의 미적 세계를 위해서 헌신했던 나혜석의 자화상을 경성대 갤러리에서 본 적이 있어요. 자신이 바람 피운 사실과 이혼의 정당성을 당당히 밝힌 그 신념이 놀라웠지요. 예술을 위해 시대의 금기를 넘어서는 그녀들은 매혹적인 뮤즈이지요. 오키프의 누드를 찍은 스티글리츠의 〈토르소〉 사진은 새로운 영감으로 작동했어요. 시선의 대상이 되는 것에서 벗어나 여성의 몸이 타자를 응시하는 것, 여성의 시가 타자의 무의식을 꿰뚫어보는 것과 상통하는 것이지요. 미국의 고백파 시인인 실비아 플라스가 자신의 악마적 복수심마저 철저하게 시 속에서 승화시켜 새로운 시적 전환을 이룬 것처럼, 시는 내면의 짙은 울음과 분노도 담을 수 있을 때, 독자의 심장에 폭풍을 일으키지요.

소설 『프랑켄슈타인』을 쓴 메리 셸리도 많은 영감을 주지요. 『프랑켄슈타인』은 그로테스크한 인조 괴물의 이야기이지만, 한편으로는 내가 시를 써서 낳은 아기들이기도 하지요. 어쩌면 나 자신인지도 모르지요. 시대가 부여해준 이데올로기와 사유를 담고 있는 존재이지만, 자연스럽지 않고 인공적이어서 언젠가는 그 모순이 드러날 것 같은 존재, 현대인의 초상 같기도 하지요. 시 속에 등장하는 인물들은 괴물처럼 늘 존재의 불안을 겪고, 특히 예술사의 가혹한 전쟁터에서 언제 퇴출될지 모르지요. 고독한 예술의 길을 보여주는 상징이기도 하고, 가혹한 현실 그 자체이기도 하지요.

토르소

10분밖에 남지 않았어요, 서둘러요 어서,
내 몸을 빌려줄 수 있는 사진기. 가방의 지퍼를 닫고
지붕 없는 자동차를 몰고 사막으로 돌아가야 돼요
돋보기를 쓴 채 카메라 렌즈만 들여다보는
당신을 어떻게 처리할까요?

허벅지의 3분의 2 지점에서
가로선이 잘리고 두 팔은 다 드러나지요
뭉클하게 처진 젖가슴
균형을 유지하면서 전면에 배치되어 있네요
사막의 능선을 닮은 허리와 엉덩이의 구조
어때요? 난 뮤즈예요

알프레드 스티글리츠가 촬영한
아내 조지아 오키프의 토르소

등불을 든 눈사람

사막에 드문드문 나 있는 잡초처럼 검게 처리된 음모
흑백사진 안에 내 얼굴은 없어요
심장이 멎을 듯 떨리던 입술, 화면을 사로잡는
시선이 없어도 당신을 소유할 수 있지요

다시 3분이 남았군요
당신은 찰칵찰칵 내 몸을 분할하면서
점점 카메라 속으로 몰입하는군요
난 살아 있는 뮤즈예요
내가 아흔 아홉 살인 줄 누가 알겠어요
쿠바의 무녀처럼
쪼글쪼글하게 말라버린 젖가슴을 내어드릴까요?

드디어 1분, 당신은 카메라 셔터를 닫는군요
시간은 잠시 어항 속에 넣어두었죠
선인장이 꽃을 피웠군요
사막에는 오래전에 죽은 소의 머리뼈가 누워 있군요
난 뮤즈예요. 얼굴이 없는

—시집 『프로이트를 읽는 오전』에서

5. 프로이트를 읽는 오전

정신분석과 기호학은 연구하면 할수록 매력이 느껴지는 분

야이지요. 특히 프로이트와 라캉의 타자를 이해하는 섬세한 분석의 틀은 많은 것을 생각하게 하지요. 그들의 책을 읽으면서 인간이 동물에 가까운 것임을 자각하면서 서서히 사회적 존재임을 각성하게 되지요. 부산국제영화제에서 몇 년 전 〈하얀 리본〉이란 흑백 영화를 보았어요. 2차 세계대전이 발생하기 전 어느 독일 마을 이야기인데, 오전에 그 영화를 보면서 프로이트가 생각났어요. 차마 말로 드러낼 수 없는 것들, 말로 드러날 때 폭로되는 이상한 환영들로 가득한 영화였지만 아주 시적인 영화였지요. 대사가 적고 장면 묘사가 길게 전개되어, 호흡이 긴 시를 읽는 듯했지요. 의식과 무의식이 뒤엉킨 공포와 전율을 전해주었죠.

둘째 시집 『프로이트를 읽는 오전』에서 의식과 무의식을 다양한 시각에서 탐색하려 했어요. 성적인 욕망, 가족의 억압, 정치적 갈등, 경제적 결핍, 신화적 무의식까지 거미줄처럼 서로 뒤얽힌 현대인의 내면 풍경을 시적 화자의 입술을 통해 전개하고 싶었어요. 시는 의식과 무의식의 경계에서 피어나는 동백꽃처럼 다가오지요. 언젠가 해운대 바닷가를 산책하면서 동백섬을 보았어요. 그 섬은 자그마하지만 다리가 놓여 육지와 연결되어 있어요. 문득 그 섬이 동백꽃처럼 애틋한 연모의 정을 품은 여자처럼 느껴졌어요. 사랑이 끝나면 문득 죽어버리는, 열정과 죽음을 동시에 품은 존재로 와 닿았어요. 동백섬 자체는 하나의 객관적 대상이지만 시인에게 또 다른 시적 현실 혹은 시적 대상으로 다가오지요. 그래서 시적 세계에서 동백섬은 여자이면서 섹스이면서 죽음이면서 한 편의 시가 되지요.

영상과 음악으로 무장한 디지털 시대에 과연 시가 살아남을까요? 유행처럼 문학의 죽음을 논의했지만, 시는 널리 사랑받지는 않아도 소수의 마니아들에 의해 계속 존재하리라 믿어요. 왜냐하면 시는 언어의 혁명에 있어서 가장 선두에 서 있기 때문이지요. 시는 가장 가볍게 가장 경제적으로 혁신을 시도하는 장르이지요. 독자와의 소통이라는 어려운 과제가 존재하지만, 진정한 독자는 언제나 어두운 골방에서 램프를 켜고 시를 읽을 것이라 믿어요. 적도의 붉은 꽃 아래, 북극의 차가운 이글루 안에서 그 어떤 미지의 독자가 시를 읽을 거예요. 문제는 오랫동안 미래의 시간을 견딜 수 있는, 만 년이 넘도록 살아남을 수 있는 시를 창조하는 것이지요. 미래의 독자를 매혹시킬 언어는 무엇일까? 그것이 고민이지요. 미래의 시가 어디로 갈지 모르지만, 나의 시도 어느 외진 오솔길 위에 낙엽처럼 흔적을 남겼으면 해요. 아니면 흔적도 없이 난롯불 속으로 던져질지도 모르죠. 시의 흔적이 때로는 투박하고 거칠지라도 누군가의 심장에 박히는 화살이 되기를 기도해요. 가장 뜨겁게 심장을 두드리는 북소리, 낮은 목소리로 젖어드는 빗소리처럼 누군가의 가슴에 다가가고 싶어요. 그의 무의식을 가만히 일깨울 수

있는 뮤즈가 되고픈 가을, 하늘은 시리도록 파랗고 해운대 바다의
물결은 잔잔하네요.

프로이트를 읽는 오전

그 마을에 눈이 내리네
계단을 올라가는 천사
눈이 파란 꼬마가 누나에게 묻네
사랑하면 물어뜯는 거야?
목덜미를 깨무는 아빠는 죽지 않는 거지?

그 마을에 낙엽이 내리네
아무도 쓸지 않는 낙엽이 쌓인 길을 달리는 마차
나란히 앉은 연인은 황금빛 노을로 사라지네
노란 천사가 달리는 마차를 멈추네
호숫가로 가지 말아요

난 당신을 건드리지 않아
연인은 낙엽이 쌓인 하늘로 걸어가네

하얀 블라우스를 입은 여자는 바람을 눈 위에 쌓고
남자는 그녀의 침대를 뒤지네 겁에 질린 하녀는
긍정적인 대답만 하네 감자도 여물고 양배추도
다 자랐는데 남자는 말이 없네

전쟁이 시작되었네 사춘기 꼬마가 침대에
두 손이 묶여 있네* 수음하는 아이의 떨리는 눈동자
목사 아빠가 저녁 식사를 금지하네
하얗게 질려가는 아이들

새의 목에 십자가처럼 꽂은 가위, 불이 났어요

아빠, 귀걸이가
필요하지 않아요 난 엄마가 아니예요

아무도 의심하지 않는 천국
검은 침묵 속에서 천사가 입을 벌리네

* 미카엘 하네케 감독의 영화 〈하얀 리본〉의 한 장면

— 시집 『프로이트를 읽는 오전』에서

대나무 꽃이 피는 마을

서정춘의 처녀시집 『죽편(竹篇)』에는 그가 30여 년의 세월 동안에 쓴 34편의 수정처럼 맑은 시들이 숨 쉬고 있다. 한국적 전통시와 한시의 단아한 기품을 두루 갖춰 서정시의 진수를 보여준다.

죽편(竹篇)·1
— 여행

여기서부터, — 멀다
칸칸마다 밤이 깊은
푸른 기차를 타고
대꽃이 피는 마을까지
백년이 걸린다

서정춘의 시는 선명한 시적 이미지와 아름다운 운율이 서로 어우러져 섬세한 울림으로 나의 가슴에 와 닿는다. 대나무가 성숙할 때마다 늘어나는 마디마디를, 푸른빛이 감도는 밤길을 달리는 칸칸이 연결된 기차의 이미지로 부각시킨 것은 정말 아름다운 은유이다. 긴 기다림의 인생살이에 대한 통찰은 시간에 쫓겨 허둥대는 우리의 삶에 잔잔한 파문과 긴 여운을 남긴다. 백 년에 한 번 피어나는 대꽃을 기다리며 살아야 하는 삶의 긴 기다림과 고뇌의 푸르른 향기가 피어난다.

　　미국 시인 에즈라 파운드의 "군중 속에서 유령처럼 나타나는 이 얼굴들/까맣게 젖은 나무 위의 꽃잎들"(「지하철 정거장에서」)이라는 시편을 떠올려본다. 파리 지하철의 어두운 공간에서 밖으로 나오는 사람들의 얼굴을 하얀 꽃잎으로 포착한 파운드의 시는 영미 시에서 이미지즘의 백미로 꼽힌다. 그러나 서정춘의 시는 선명한 이미지뿐만 아니라 죽편의 저 깊은 샘에서 솟아나는 맑고 은은한 뜻도 함축하고 있다는 점에서 더 나은 성취를 보여주는 것 같다.

　　그의 「우중(雨中)」에서는 허(虛)를 지향한 마음 세계를 "세상은 비 소리로 가득하고/문득 나만 없다"로 표현한다. 동양적 정신세계를 허의 관점에서 조명하여, 자연에 몰입하여 자신을 잊어버린 무아지경의 경지를 그려낸다. 「허」에는 "푸른 청 하늘입니다/우산살만 남아 있는/낡은 거미줄입니다/하루 종일 비 맞아도/젖지 않는 우산입니다/나 여기 서 있다가/한 자루 우산대입니다"라고 읊는다. 비에 젖지 않는 바다처럼, 푸르른 하늘처럼 허, 있음보다 없음의 세계를 지향하는 그의 시심은 나에게 신선의 법음으로 들려온다. 마치 산사의 고승이 바람에게 드려주는 선시(禪詩)처럼.

그리고 「균열」은 주름살이 진 시인의 얼굴과 물사발의 금이 간 균열을 대비시키며 인생에 대한 긍정적 인식을 보여준다. "내 오십 사발의 물사발에/날이 갈수록 균열이 심하다/쩍 쩍 줄금이 난 데를 불안한 듯/가느다란 실핏줄이 종횡무진 짜고 있다/아직 물 한 방울 새지 않는다/물사발의 균열이 모질게도 아름답다." 인생의 질곡을 곧은 대나무처럼 견디어낸 시인의 시적 고뇌의 승리가 드러난다. 시 정신이 도달할 수 있는 드높은 정신세계의 경지와 인생의 깊은 의미, 한국 시의 전통이 배어 있는 그의 시들은 혼란한 현대 생활에서 자칫 갈피를 잃기 쉬운 사람들에게 한 가닥 삶의 길을 제시해준다.

봄을 꿈꾸는 잔혹한 욕망

　　일주일 전 부산일보 신춘문예 시상식장에 갔었다. 차가운 날씨였지만 대강당의 좌석이 가득 차 있었다. 간간히 꼬마 아이가 떠드는 소리가 들리기도 했다. 무엇보다도 수상자들의 소감을 듣는 것은 새로운 묘미이다. 우선 소설 당선자의 당선 소감이 특이했다. 장애가 있음에도 불구하고 소설로 극복했다는 이야기며 얼핏 혼자 산다는 멘트를 유머스럽게 날리기도 했다. 시 당선자가 소감을 발표할 때 아주 젊은 남자가 단상에 올라왔다. 윤석호 시인은 미국에 사는데 사정이 생겨 올 수 없어 삼촌을 대신해 그가 소감문을 낭독했다. 한편 서운하기도 했다. 아무리 미국에 있어도 시상식에 참석했으면 훨씬 더 신선한 감동을 전해주었을 것이다.

　　시상식이 끝난 뒤 뒤풀이 장소에서 이런저런 인사가 오갔다. 부산일보 김영한 기자의 말에 의하면 올해 부산일보에는 유독 신춘문예 응모자가 많았다고 한다. 그 이유가 사회적으로는 경기 불황의 영향이 크기도 하고, 둘째로는 부산일보 마감 일자가 제일 늦어 여러 곳에 투고를 준비하던 사람들이 막판에 많이 몰린 것 같다고 했다. 사실, 문학인 가운데 신춘문예에 투고해보지 않은 사람은 드물 것이다. 운과 실력이 좋아 처음 투고했는데 되었다는 사람도 있지만 10년씩 투고해서 겨우 붙었다는 사람도 있고 아직까지도 미련을 버리지 못하고 해마다 겨울이 오면 원고 뭉치를 만지작거리는 사람도 있다. 전 세계 어느 나라에서도 이런 풍경은 없을 것이다. 한국 문단만의 독특한 풍경이다.

문학을 창작할 수 있는 여건은 점점 열악해지는데 신춘문예에 투고하는 인구는 줄지 않는 이유는 무엇일까? 한때 문학이 죽었다는 소리도 심심찮게 들렸었고 문학의 기능이 너무 제한적이라는 말도 많았다. 디지털과 영상이 주도하는 현대사회에서도 문학에의 꿈을 간직한 사람들이 존재한다는 것은 어쩌면 신선한 희망인지도 모른다. 경기 불황기에 투고작이 많아지는 현상은 그만큼 그들이 현실에서 설 공간이 협소해져 문학으로 선회하여 기대려는 심리가 반영된 것일 수도 있다. 한국 사회가 지나친 경쟁과 갈등으로 치달아 내면적으로 감당해야 할 상처가 더 크다는 반증이다.

사회에서 소외되어 문학으로 귀환하든 내면의 상처가 커서

문학으로 회귀하든 현대인들은 자신의 목소리를 어떤 방식으로든 발성하고픈 욕망이 가득하다. 말을 해도 말을 들어주는 타자가 없고 슬픔이 그렁그렁 넘쳐나도 우는 방법을 모르는 남자들, 집 바깥으로 탈출하고 싶어도 경제력이 없어 다시 집 안으로 침잠해야 하는 여자들, 학교에 가기 싫지만 다른 대안이 없는 아이들, 모두가 흔들리는 나무들처럼 불안하다. 어른들이 가득한 공간이지만 내면에는 성장이 정지되거나 금지당한 아이가 출구를 찾아 방황하고 있다. 사회 지도층의 행동에서 유아기의 자기 중심적 행동 패턴으로 퇴행하는 측면을 더 쉽게 발견하기도 한다. 직장이건 가정이건 학교이건 법과 제도가 작동되지만 그 그물을 뚫고 작동하는 권력의 억압이나 편견이나 차별이 가득한 사회이다.

그러한 것들에 대해서 그나마 손쉽게 가장 적은 비용으로 위로할 수 있는 수단이 있다면 아마도 문학일 것이다. 미술, 음악, 영화 등 타 예술 장르는 문학보다 훨씬 많은 초기 투자 비용이 든다. 그러나 문학은 그야말로 종이와 볼펜 한 자루만 있어도 가능하다. 경제적인 측면에서 가장 민주적으로 접근할 수 있는 것이 문학 양식인지도 모른다. 신춘문예의 미덕도 아마도 여기서 비롯할 것이다. 가장 적게 가진 자, 가장 덜 배운 자, 가장 늦은 자 등의 결핍된 타자들에게도 문이 열려 있다는 점이 엄청난 매혹이다. 그래서 차가운 이불 밑에서 혹은 딱딱한 책상 위에서 피 같은 시를 쓰는 것이리라.

올해 신춘문예에 당선된 시편들은 그 의미가 아주 선명하게 독자에게 전달되는 측면이 두드러진다. 그 어느 신문사이건 난해해서 해독이 안 되는 시는 거의 없다. 신춘문예가 새해 첫날에 신선한 시를 제공하는 기획이다 보니, 그 내용도 대부분 밝고 긍정적인 내용이 선호되고 일반 독자에게 무난하게 의미가 전달되는 작품이 뽑히기 쉽다. 그러한 미덕에 미학적 완성도까지 갖추고 있다면 그 어려운 관문을 뚫는 것이 그렇게 어려운 것이 아닐 수도 있다. 신춘문예 출신들의 장점은 그들이 대중과 소통하는 측면에서는 전문 문예지 출신보다 유리한 경우가 많다. 신문 지상에서의 홍보 기회도 얻을 수 있는 장점도 있다.

그러나 문학사를 결정짓는 것은 오히려 아주 독창적이거나 혁신적인 작가의 이단적인 작품인 경우가 많다. 기존의 문학 형식을 확 뒤엎을 수 있는 특출한 시적 기법이나 비범한 시적 안목을 전개해야 문학사에 기입될 수 있다. 그래서 오히려 단정하고 아름다운 수사의 신춘문예 준비용 글쓰기를 연습한 시인들에게는 독이 될 수도 있다.

문학이 시대의 흐름을 벗어날 수 없듯이 올해 신춘문예 당선작 가운데서 「발레리나」 「뱀을 아세요?」 「주방장은 쓴다」 「알」 「반가사유상」 등의 작품은 저마다 개성이 있으면서도 독특한 자신만의 어법이 강화되어 읽는 맛이 새롭다. 수없이 반복되는 좌절과 추락, 이글거리는 눈빛으로 뱀처럼 불안을 견디고 살아가는 일상에서 잠시 환하게 솟구치는 희망과 빛에 주목하는 시선이 돋보인다. 이러한 측면은 여전히 신춘문예식의 방법론을 잘 따르고 있는 흔적이다. 우선 「발레리나」(조선일보, 최현우)에서는 삶의 가벼움과 반복을 아주 경쾌하게 스케치하고 있다. 애써 멋을 부리지 않는 듯 담담한 묘사와 산뜻한 느낌이 잘 어우러진 수작이다. 최근의 젊은 시인들이 전개한 지나치게 길어진 시편과 장황하고 난삽한 자기 독백에 경종을 울리는 듯하다. 시적 화자의 우중충한 고백과 무의식의 충동보다는 타자를 위로하고자 하는 덕목으로 다시 회귀한 듯하다. 그러나 문제는 기법이다. 가벼워지는 것이다. 삶이 충분히 무겁기 때문에 시는 늘씬한 발레리나의 발목처럼 나비처럼 훌쩍 뛰어 도약하는 것임을 보여준다.

발레리나

부슬비는 계절이 체중을 줄인 흔적이다
비가 온다, 길바닥을 보고 알았다
당신의 발목을 보고 알았다
부서지고 있었다
사람이 넘어졌다 일어나는 몸짓이 처음 춤이라 불렸고

바람을 따라한 모양새였다

날씨는 가벼워지고 싶을 때 슬쩍 발목을 내민다

당신도 몰래 발 내밀고 잔다

이불 바깥으로 나가고 싶은 듯이

길이 반짝거리고 있다

아침에 보니 당신의 맨발이 반짝거린다

간밤에 어딘가 걸어간 것 같은데

바람이 부는 방향으로 돌았다고 한다

맨발로 춤을 췄다고 한다

발롱! 더 높게 발롱!

한 번의 착지를 위해 수많은 추락을!

당신이 자꾸만 가여워지고 있다

한편 「뱀을 아세요?」(부산일보, 윤석호)에서는 묵직한 중년 남자의 저음이 바닥에 좌악 깔리고 있다. 이국에서의 이방인 같은 삶 속에서 독을 품지 않을 수 없었던 화자의 내적 독백이 뱀의 언술을 통해 전개되는 흐름이 독특하다. 삶의 벼랑에 내몰려본 자들만이 체득할 수 있는 쓰라림과 환멸과 그것을 비집고 올라오는 강렬한 본능에 주목한 점이 흥미롭다. "본능을 장전하면 갈기고 싶어지죠/본능은 의지보다 늘 앞서니까요/하지만 본능보다 앞에 불안이란 게 있어요/그래서 가장 위험한 것들은 불안해하는 것들이래요"라는 구절은 인간의 원초적인 본능에 대한 성찰을 담고 있다.

청춘의 푸른 숲을 지나온 뱀이 이제는 조금 쉴 수 있을 것이라 생각했는데 더 세찬 바람과 폭풍우에 시달릴 때 겪는 불안은 어찌 보면 모든 생명체의 숙명에서 기인하는 것인지도 모른다. 미래가 장밋빛일 거라는 희망에 배반당할 때 존재를 잠식하는 불안에 대한 사유가 돋보인다. 삶이 불안과 쾌락 사이에서 반복하는 패턴임을 지각하는 뱀은 먼 쪽에서 불어오는 바람과 햇살에 잠시 기대어본다. 이 시 역시 신춘문예식의 패턴을 고스란히 따르고 있다. 즉 극단적인 슬픔이나 극단적인 쾌락이나 극단적인 비판과 증오가 시를 장악하지는 않는다. 잘 빚어진 항아리처럼 적당히 금이 가고 적당히 상처가 있지만 여전히 빛나는 것이 삶이요 시임을 잊지 않는다.

그런 반면에 글쓰기 자체가 갖는 의미와 시가 무엇인가에 대한 집요한 성찰을 담은 시가 눈길을 끈다.「주방장은 쓴다」(세계일보, 이영재)에서 시인은 글을 쓰는 행위와 주방장이 하는 요리를 겹치면서 아주 새로운 세계를 창조해낸다.

주방장은 쓴다

눈은 이미 내렸다 새가 날아온다 그리고 새는 날아간다 이 곳에서 시가 시작되는 건 아니다

세상엔 먹을 것이 참 없다 먹는 것이 얼마나 괴로웠으면 사람들은 맛있는 음식을 만들 생각까지 했을까

허기가 시보다 나은 점이라면 녀석은 문을 두드릴 줄 안다는 것 요리는 곧 완성된다 완성되기 전에 이 깨끗한 접시를 쓰레기통으로 던질 수 있을까

내 몸에겐 건강한 학대가 필요하고 다행히 이곳은 학대에 매우 알맞다 떠나는 새조차 둥지를 훌륭하게 지을 줄 안다

시를 포기하고 시인이 된다는 건 멋진 일이다 더 멋진 건, 죽어서 시인이 되는 일
거짓이다 누구도 시인이 될 수 없고 되어선 안 된다 담배를 문 주방장만이 오래도록 써왔을 뿐이다

첫 연의 서두에서 그가 기존의 서정시에서 그려내는 자연 풍경과 어설픈 위로의 시선을 부정하는 태도를 쉽게 읽을 수 있다. 무엇인가 새로운 시적 발상을 찾아 방황한 흔적이 역력하다. 그가 느끼는 시적 허기는 배고픔과 밀접하게 얽혀 있다. 기존의 시 체계를 뒤엎으면서 밥이 될 수 없는 시의 운명에 대한 냉철한 통찰이 읽혀진다. 시가 자연의 재현이나 현실에 대한 비판이나 몽상적인 사유만으로 구성될 수 없는 것임을 천명하다. 그래서 시인은 "거짓인 명제가 가득한 접시 위에만/쓴다"라는 확고한 자신만의 인식을

등불을 든 눈사람

드러낸다. 즉 시를 쓰는 것은 의식과 무의식의 무수한 욕망들이 서로 얽히고 갈등하는 그 어떤 지점이지만, 결코 안주할 수 없는 잠재태의 형상임을 시인이 직시하고 있음을 알 수 있다. 시가 외적인 수사에만 치중할 것이 아니라 세계를 바라보는 자기만의 시선임을 세련된 어법으로 구축한 작품이다. 지독한 겨울바람을 견딘 새순처럼 험난한 시의 바다를 헤엄쳐 나갈 수 있는 싱싱한 힘이 전해져 온다.

상하이에서 읽는 시

　　중국 상하이대학 인문대 초청으로 부산의 몇몇 문인들과 함께 중국에 다녀왔다. 작년에 실크로드를 다녀온 뒤 중국의 역동적인 변화에 충격을 받았지만, 문학 교류의 일환으로 대학을 방문해 보니 중국의 속살을 깊이 느낄 수 있었다. 여행사를 따라간 여행은 돈황이나 월아천 같은 사막의 풍광을 보고 스쳐가는 기억에 의존하지만, 특별한 목적을 갖는 초청 모임은 긴장되고 낯선 설렘도 있었다. 상하이와 부산의 문학 교류 행사라서 왠지 의상도 신경 쓰였고 발표할 시도 신중하게 골랐다. 중국인에게 한국 여성 시인이 세련되고 멋있다는 인상을 남기고 싶었다.

　　상하이대학에 도착한 첫날 저녁 만찬을 대접받는데 특이한 중국 요리와 귀한 술을 맛보았다. 인문대 교수들이 세심하게 부산 문인들을 배려해주는 데서 왠지 친근감이 들었다. 언어는 다르지만 비슷한 동양인 외모를 가진 탓인지 서양인과의 만남보다 더 친밀도가 느껴졌다. 둘째 날에는 루쉰 박물관에 가서 그의 문학적 여정을 살펴보았고, 저녁에는 상하이 명품 거리를 산책했다. 국제화의 속도가 급속히 빠른 중국의 거대한 힘이 조금 두렵기도 했다.

마지막 날은 오후에 부산 평론가가 부산 문학에 대한 포럼을 했고 산지니 대표가 출판에 대한 발표를 했다. 중국 문인들이 한류에 대한 발표를 할 때, 한국 드라마와 영화의 세세한 부분까지 잘 알고 있어 놀랐다. 그들의 관심 영역은 한국의 끈끈한 가족 문화, 패션, 연애 방식, 영화 스타일 등등 다양했다. 중국은 가족보다 개인이 우선시되는 문화여서 가족이 함께 식사하는 광경이 자주 등장하는 드라마가 인상적이라고 했다. 그러나 상대적으로 한국문학에 대한 관심과 애정은 아직 미진한 느낌이었다. 그 이유는 중국에 한국문학이 널리 알려져 있지 않은 탓이다. 가요나 영화는 인터넷이나 유튜브를 통해 쉽게 접근할 수 있는 데 반해 한국 문학작품의 출판은 아직까지 활발하게 진전되지 않았기 때문이다.

저녁에는 한국문학의 밤 행사에서 소설과 시 낭독을 했다. 두 개의 대형 스크린에 중국어로 번역된 작품을 비추고 우리가 직접 낭송을 했다. 나는 등단작인 「붉은 깃발과 노란 꽃과 그리고 푸른 카펫」을 낭송하는데, 수많은 중국인들 앞에서 낭송하려니 심장이 두근거렸다.

붉은 깃발과 노란 꽃과 그리고 푸른 카펫

캔버스 1

붉은 …… 붉은 혁명의 기수는 목마를 타고 불타는 만주 노을 속으로 달린다 …… 연분홍 혁명의 깃발을 가슴에 꽂은 대머리 여가수의 자줏빛 비단 원피스에 우수수 낙엽이 진다 …… 모스크바 광장에서 레닌의 동상이 처형당하던 날 …… 키 작은 등소평이 거닐던 붉은 카펫만이 공산주의의 자존심을 화려한 작약꽃으로 장식했다 …… 한 잔의 포도주에 자신을 익사시킨 남자의 붉은 육체가 대지 위로 떠내려가고 …… 낙원의 빠알간 사과를 따는 처녀 …… 금기의 빛 …… 붉은 빛 …… 아반테, 티코, 그랜저, 엘란트라, 프린스, 볼보, 프라이드의 행렬은 갈 수 없는 통제 아래 서 있다 …… 넘을 수 없는 벽 …… 구치소 옥상 위에 꽂혀진 빨간 브래지어와 팬티, 바람에 흔들리며 잊혀진 본능의 원시림을 떠올린다 …… 핏발 선 눈처럼 타오르는 용광로 …… 붉은 불꽃 …… 카바레 불꽃에서 블루스 추는 중년의 남자 …… 제철 공장에서 …… 밤새 도시락을 싸는 어머니 …… 군대 가던 날 비가 내렸다 …… 스무 송이의 붉은 장미를 그녀에게 남기고 …… 휴가 받은 나의 까까머리를 물끄러미 …… 모노드라마 찻집의 창문 너머 고흐를 닮은 거리를 …… 무표정한 석고상의 눈빛 …… 커피 잔에 묻어난 붉은 립스틱 자국 …… 붉은 눈물, 붉은 강물, 붉은 붉은 붉은

캔버스 2

　노란 얼굴의 아시아 여인, 눈이 쌓인 알래스카에 노란 민들레를 심는다, 노란 인디언 무덤 위에 피어난 노란 수선화가 포카혼타스의 노래를 부른다, 노란 은행나무 숲 사이로 잉카의 태양신이 빛나고, 미국 대평원은 황금빛 풍요로 물들고, 농토를 잃어 가는 아시아 농부의 누렁팅팅한 얼굴빛, 비닐 하우스에 갇혀서 노랗게 시드는 지구, 질식해 가는 아마존 밀림의 나무숲에 매달린 노란 손수건, 머무를 수 없는 욕망의 빛, 노란, 노란, 노란,

캔버스 3

　푸르른 카펫 펼쳐진 프랑스 항공사의 아가씨는 늘씬하다 …… 패션 모델의 다리 사이로 …… 깡마른 에펠탑이 보인다 …… 푸른 스크린 뒤에서 야누스의 얼굴로 타오르는 핵실험 …… 프랑스 대혁명 때 레즈비언과 게이들은 귀족들이 도망치다 벗어둔 하이힐을 훔쳐 털이 숭숭 난 게이의 발에 신겨주더니 …… 햇살이 퍼붓는 광장에서 웨딩드레스 입은 게이 신부 …… 푸른 파문 …… 변두리 맴도는 집시의 휘파람은 세계의 중심을 조롱하고 …… 중심을 갈망하는 푸르름은 핵폭탄을 청포도주에 붓는다 …… 몽마르뜨의 비애 …… 파도가 출렁이는 대지 위를 자동차는 시속 150Km로 달린다 …… 고속도로의 보이지 않는 모퉁이에서 함정을 파는 똥파리 …… 권력 아래서 기생하는 기생충의 푸른 알몸 …… 거울 속으로 숨어버리는 해골 …… 텅 빈 우주의 해골 …… 나는 지상의 푸른 풀꽃들이

있는 곳 어디라도 갈 수 있어 …… 해탈한 동물원의 사자가 다
리를 벌리고 낮잠을 잔다 …… 푸른, 푸른, 푸른

— 시집 『거울은 천 개의 귀를 연다』에서

낭송이 끝난 뒤 무대에 둥글게 앉아 한국 문화 전반에 관한
토론을 했다. 시와 소설 낭송을 들은 중국 대학생들이 한국어 리듬
이 독특하고 아름답다고 말해서 놀랐다. 중국 대학생들과 즉석에
서 작품 관련 질문을 받고 응답을 했는데 아주 진지한 태도로 집중
하고 반응하는 모습이 인상적이었다.

부산 문학을 국제 문학의 한 영역으로 확장하는 좋은 방안
은 없을까? 한국문학이 진정한 한류가 되려면, 작가 개인의 노력
도 중요하지만 정부 혹은 부산시 차원의 체계적인 지원 전략이 필
요하다. 첫 시집을 외국에서 번역 출간할 때 많은 어려움이 있었
다. 출판사 선정, 번역 문제 등 난제들이 많았고 중국에서는 정부
의 검열이 작동했다. 이번 행사에 낭송한 시 「붉은 깃발과 노란 꽃
과 그리고 푸른 카펫」 서두의 등소평 관련 부분은 중국에서 삭제된
채 출판되었다. 신호등을 보고 자동기술법으로 쓴 포스트모던한
시이지만 중국 대학생들이 쉽게 받아들여 놀랐다. 한국의 고유한
정서보다는 그들이 공감하고 소통할 수 있는 시를 더 선호하리라
는 판단이 효과를 발휘한 것 같다. 붉은 깃발은 금기와 혁명 등의

이미지를 위주로 시를 전개하고 노란 꽃은 아시아적인 풍경과 끝없이 변화하는 세계의 이미지를 제시하고 푸른 카펫은 자유에 대한 추구를 담았다. 이 시를 낭송했을 때, 중국 대학생들이 즉석에서 트위터를 통해 시에 대한 다양한 반응을 보내주는 게 신기했다.

사실 우리는 정성이 가득한 환대를 받았다. 중국 정부에서 한류에 대한 분석을 원하고 이러한 행사에 엄청난 금액의 연구비를 지급하고 후원해준다는 점이 놀라웠다. 내년에 그들이 부산에 오면 부산시도 그런 아낌없는 후원을 해줄 수 있을까? 국제영화제에만 천문학적인 돈을 쏟지 말고, 부산 문학의 국제화를 위해서도 넉넉한 후원을 해주기를 기대해본다.

더미를 위한 희생 제의

자동차의 핸들을 꽉 움켜쥔다. 오른쪽 발로 가속 페달을 지그시 밟는다. 속도가, 속도가, 점점 빨라진다. 더미(Dummy)는 자동차 안이 직장이다. 그곳에서 "하나의 얼굴/하나의 직업에 종사한다"로 묘사되는 더미는 무기력한 주체의 상징이다. 센서로 꽉 찬 내부는 속도와 질량과 전기 작동에 반응할 따름이다. 인간을 위해 존재하는 대체 인형이다. 사건은 여기에서 시작된다. 더미와 같은 주체들이 현대사회에 무의식적으로 양산되고 그들은 희생양처럼 버려지고 살해된다. 특히 도착증 성향을 보이는 근본주의자들이나 골수 보수주의자들의 정치적 신념이 이러한 더미와 같은 무기력한 주체를 출현시킨다. 종교와 이데올로기가 정치적 권력과 교묘하게 연계될 때, 언제든 호모 사케르와 같은 더미들은 양산될 수 있다.

무엇보다도 후기 자본주의의 시스템 아래 잔혹한 자본의 논리로 먹이로 전락하는 더미들이 전 지구적으로 산재해 있다.

더미(Dummy)

정면충돌 측면충돌 후면충돌 공중충돌……

희생과 좌초의
다양한 충돌 실험에도
일체 비명 따윈 지르지 않는다
유리를 산산조각 내며 튕겨나가 박살나도
말끔히 조립되는

남자 더미 여자 더미 임산부 더미 태아 더미 더미 더미 더미들

강신애의 시집 『당신을 꺼내도 되겠습니까』에서는 무수한 더미의 복제들이 유령처럼 출현한다. 오염된 바닷속 물고기, 조련사가 기른 호랑이, 돌에 맞아 죽는 아랍의 처녀, 폴리네시아 섬의 파파피네, 몽고의 양 등이 그 더미의 또 다른 이름들이다. 무자비한 폭력에 노출되어도 신음 소리조차 낼 수 없는 존재들에게 시인은 숭고한 헌사를 바치고 있다. 어쩌면 가느다란 손을 내밀어 그들을 구원하고픈 성스러운 어머니의 음성인지도 모른다. 관세음보

살이건, 마리아건, 시바의 여신이건 알라의 여인이건 먼 곳으로부터 들려오는 고통에 찬 울음에 시인의 귀는 열려 있다. 2천 년 전 십자가에서 죽은 한 남자의 고통이 현대에도 또 다른 버전으로 반복되고 있다. 역사는 진화함에도 불구하고 폭력이나 배제는 여전히 극복되지 않은 채 계속되고 있다. 「끝없는 이야기」는 사랑에 빠진 이슬람 소녀의 비극적인 사랑에서 모티프를 차용한 시인데, 간음에 대한 잔혹한 처벌을 비판하는 시이다. 아시아 한쪽 끝에 사는 시인이 그녀의 멍든 몸을 바라보는 시선이 느껴진다. 법과 제도의 규율 아래서 억압되고 박해받는 욕망의 이름, 특히 여성의 성적 욕망에 대한 금기가 엄격한 이슬람 문화에 대한 날카로운 지적이다.

끝없는 이야기

이 검은 피로 물든 헝겊은 알라의 수의 알라의 신음
막 사랑에 눈뜬 저는 지금 눈먼 알라의
깨진 항아리예요, 제물이에요.

돌이 날아옵니다
그들이 던진 돌이 수북한 들판에서
나는 어느 여인의 피 묻은 돌을 맞습니다

이건 너무 오래된, 끝없는 이야기

카인이 시기심에 눈멀어 동생 아벨을 살해한 이후, 주체가 타자의 신체나 정신에 가하는 폭력의 강도는 시대별로 조금씩 변화해왔다. 근대 이후 법치국가의 이념이 확고해진 뒤에 신체에 가하는 폭력은 많이 줄어들었지만 여전히 폭력은 발생하고 있다. 특히 국가의 이름으로 가해지는 폭력일 경우에는 법적 정당성까지 확보하여, 가장 기본적인 인권마저 무참하게 짓밟는 사례가 여전하다. 물론 그 정당성 자체에 대해서도 비판해야 할 문제이지만, 현대의 주체들 역시 폭력의 위협으로부터 온전하지는 않다. 인간의 폭력성은 왜 야기되는 것일까? 인간 내면의 공격성은 어디에서 비롯되는가? 다양한 원인이 있겠지만, 자기 보존의 욕망이 가장 큰 원인일 것이다. 육체적 힘의 우위를 증명해서 생명의 위협으로부터 자신의 보호하고 혹은 성적인 대상을 선점하려는 욕동에서 비롯된다. 타자와의 관계에서는 소외나 시기심 혹은 열등 의식에서 야기되기도 한다. 심리적으로는 공포나 두려움이 오히려 폭력의 모습으로 변장을 하기도 한다. 이슬람 세계에서의 여성의 인권에 대한 차별은 종교의 장막을 뒤집어쓴 채 은밀히 작동하는 구조이다. 정치적 이데올로기와 결탁하여 여성 신체에 대해 과도하게 금욕과 절제를 요구한다. 자기 신체를 표현하려는 욕구뿐만 아니라 육체적 욕망에 대해서도 근원적인 차별을 하면서 남성의 보호라는 명분을 제시한다. 그것은 어쩌면 여성의 성적 매력 앞에서 한

없이 무력해지는 남성성을 과잉으로 지켜내려는 심리적 구조인지도 모른다. 이데올로기의 튼튼한 구조가 흔들리는 것을 견디지 못하는 주체의 무기력한 모습이다. 이데올로기 역시 어쩌면 상상적 허구일 수 있는데 종교라는 진리적 명제를 설정한 언어적 기표에 지나치게 맹종함으로써 어느 순간 직면할 언어 너머의 실재가 두려운 것이다. 그 두려움은 오히려 잔혹하게 개인뿐만 아니라 집단적 폭력으로 잔혹하게 양심의 가책 없이 표출된다.

그러나 이슬람의 전통과 달리 몽골의 초원에서 사냥하는 유목민에게는 생존을 위한 폭력 너머 자연의 생명체와 자신들을 동일체로 인식하는 사유가 배어 있다. 먹고사는 가장 기본적인 식욕을 위해 사냥을 하고 동물의 목숨을 갈취하는 순간에도 그들에게는 목숨을 존중하는 배려가 깃들어 있다. 잔혹하게 돌팔매질로 타자를 심판하는 문화보다 왜 더 숭고하게 느껴지는 것일까. 강신애는 이들의 척박한 삶에 깃든 고매한 정신에 깊은 시선을 드리운다.

가장 조용한 죽음

몽골에서
양 잡는 것을 보면
사람 둘, 짐승 하나가 사랑을 나누는 것 같다

한 사람은 뒤에서 양을 꼭 껴안고
한 사람은 앞발을 잡고
명치를 찔러
애인의 가슴을 움켜쥐듯 심장동맥을 움켜쥐고
가장 고통 없이 즉사시킨다

내가 너를 죽이는 것이 아니라
네가 나를 살리는 것이다

어쩔 수 없는 살생이라는 상황 앞에서도, 버둥거리는 양을 마치 사랑을 나누듯 다루는 몽골인의 삶에 경의를 드러낸다. "애인의 가슴을 움켜쥐듯 심장동맥을 움켜쥐고/가장 고통 없이 즉사시킨다"의 정신이 폭력 앞에 선행되어야 함을 시인은 천명하고 있다. 불교적 사유의 핵심은 '모든 존재의 평등'이다. 기독교나 이슬람의 세계관에서는 유일신인 하느님과 알라 다음의 자리에 인간이 온다. 그 인간이 이 지구의 지배자처럼 군림하는 사유 체계이지만, 불교에서는 '두두물물이 부처'라는 사유가 지배적이고 서구의 직선적인 시간관이 아니라 윤회라는 순환적 시간관이다. 그 어떤 절대적 존재 자체를 부인하고 온 우주 전체가 하나라는 독특한 세계관을 제시한다. 그래서 인간만이 유독 강조되거나 독점되는 권리를 가지지 않는다. 인간이 짐승이 될 수 있고 환생해서 사람도 될 수 있다는 사유에서 "내가 너를 죽이는 것이 아니라/네가 나를 살리는 것이다"라는 발상을 할 수 있다. 끝없이 고정된 형체 없이 변화하는 것이 우주의 실체라는 인식은 절대적이고 고정된 유일신이나 알라에 대한 인식을 전복시킨다. 가장 미천한 생물에게도 영원한 의식이 스밀 수 있다는 의식은 폭력에 대한 근원을 차단시킬 수 있다. 살생하되 그것을 성스럽게 성화시킬 수 있는 힘이 발생되는 지점이다. 강신애는 폭력에 노출된 더미나 아랍의 처녀나 몽고의 양이 모두 동일한 생명체임에 주목한다. 보이지 않는 공격성에 노출된 주체의 내면이나 타자의 내면이 토하는 신음 소리에 위무의 노래를 들려준다. 그녀는 그들의 삶에 향을 피워 올리는 심정으로 제의를 수행하는 역할을 기꺼이 받아들인다. 지옥에 빠져든 중생을 위해 이 세상의 모래알이 다 없어질 때까지 승천하지 않는 지장보살처럼, 때로는 슬픈 영혼을 위로하는 무녀처럼.

계절이 사라진 존재들

신성하면서도 외설스러운 바람의 자식들은 어디서 오는 걸까. 인간의 깊은 무의식에 감추어진 원초적 자아의 심연을 뒤흔드는 언어의 마술사는 시인이다. 미디어 시대에 영화를 비롯한 영상 문화가 세상을 지배하지만 시의 힘은 사라지지 않을 것이다.

최근 미당문학상 후보에 젊은 시인들이 대거 거론되면서 갑자기 한국 시단에 중진이 사라져버린 것 같다고 한다. 청탁이 줄어든 40, 50대 시인이 삼류가 된 것 같아 서로 위로한다는 농담을 들었다. 문학 잡지를 기획하는 편집진의 나이가 젊어진 탓이기도 하다. 그리고 잡지의 기획이나 성향이 유사해져 고유한 개성을 찾기도 어려워졌다. 젊은 시인들에게 특별 지면을 할애하는 추세가 두드러진다. 시의 변화를 선도하는 것이 그들의 싱싱한 목소리에서 비롯되기 때문이다. 특히 김언, 김이듬, 김경주의 시는 신선한 상상력으로 시를 읽는 즐거움을 선사해준다.

김언은 시를 건축하는 기술자이면서 시의 변방을 개척하는 시인이다. 공학을 전공한 탓인지 언어에 대한 실험과 구조에 대한 탐색이 과학적이다. 일상적이고 친숙한 언어를 선택해서 배열의 문제에 깊이 천착한다. 이미지와 상징보다는 언어 자체의 구성에서 묘미를 추구한다. 시집 『거인』에 수록된 「즐거운 식사」는 "그는 우선 입술부터 먹는다. 말을 안 듣는 윗입술을 아랫입술이 지그시 깨무는 것으로 한 사람의 식사는 시작한다"로 시작한다. 이 시는 식사에 관한 이야기이지만 계속 읽으면 현대사회의 맹목적인 식욕인 자본과 억압에 관한 것이다. 현대인의 무의식적 욕망을 집요하게 추적해 아주 낯선 방식으로 말을 걸어온다. 그 화법에 익숙하지 않은 독자에게는 삐걱거리는 시로 비쳐질 수도 있다.

김이듬은 최근의 여성 시인들 중에서 독특한 시적 역량을 보여준다. 그녀는 성적인 모티프를 풀어내면서 상징계와 실재계의 벽을 허무는 시도를 한다. 『열린시학』 가을호에 발표한 「막은 사라졌네」와 「푸른 수염의 마지막 여자」에는 성적인 담론과 억압에 저항하는 시어들이 팔딱팔딱 살아 있다. 「푸른 수염의 마지막 여자」는 동성애에 관한 사회적 담론을 다음과 같이 토로한다. "나의 눈에서 물이 흐릅니다 한쪽 눈알은 말라빠졌습니다 두 다리의 무릎까지만 털이 수북합니다 음부의 반쪽에선 생리가 나오고 오른쪽 사타구니엔 정액이 흘러내립니다 백 년에 한 번 있는 일입니다만"처럼 김이듬이 선택하는 시어의 세계는 아주 구체적이면서 일상에서 감히 언급하지 않았던 것을 자연스러운 육체의 호흡으로 끌어들인다.

랭보의 방랑벽을 닮은 시인 김경주는 매혹적인 시인이다. 수려한 외모뿐만 아니라 온몸을 시의 악기처럼 울리는 시인이다. 그는 첫 시집 『나는 이 세상에 없는 계절이다』를 통해 그의 존재를 시단에 생생하게 각인시켰다. 온몸으로 시를 쓰는 것이 쉬운 일이 아니다. 낭만과 지성이 응축된 시의 살과 피를 독자에게 전달하는 신비를 체득한 시인들 중에 한 명이다. 이러한 시인들과 동시대를 살고 있어 나는 행복하다.

가을은 푸른 영화의 바다로

영화의 계절이 가을과 함께 시나브로 우리 곁으로 다가왔다. 깊고 푸른 환상의 바다로 걸어간다. 연인의 손을 잡고 남포동 영화의 거리를 어슬렁거린다. 유화 물감으로 그린 커다란 영화 간판과 상점들이 늘어선 거리가 마술에 걸린 듯 환상의 도시로 변한다. 영화 속의 주인공들이 스크린 바깥으로 걸어 다니고, 회색 도시에서 방황하던 유목민의 영혼들이 물고기 떼처럼 몰려다닌다.

며칠 후면 이 극장 저 극장으로 발걸음을 옮기는 '호모 비디오쿠스'들의 표정은 저마다 고독과 우수에 차 있을 것이다. 극장 앞에서 쥐포와 호떡을 파는 자갈치 아줌마의 무뚝뚝한 말투에서 우러나오는 정겨움도 새삼스러울 것이다. 나는 예감한다. 미래로부터 불어온 바람이 극장에 불씨를 가져다주면, 그 불씨를 품은 가슴에서 환상의 나무가 자라나리라는 것을……

해마다 가을이 되면 나는 다른 지방의 시인들에게 부산국제영화제(BIFF)를 자랑하면서 그들을 '영화의 바다' 부산으로 초대하곤 한다. 김기덕, 박찬욱 같은 젊고 재능 있는 감독들이 베니스, 베를린, 칸 등 세계적인 영화제에서 큰 상을 받은 이면에는 BIFF의 뒷받침도 결코 무시하지 못할 것이다.

'물의 도시' 이탈리아 베니스를 생각하면 가면무도회와 거리의 악사도 떠오르지만, 아무래도 베니스영화제가 먼저다. 바닷가에서 펼쳐지는 영화제 때문에 해마다 9월이면 베니스는 중세와 현대의 이미지가 교차하는 아름다운 도시로 부활한다. 미국의 수도 워싱턴을 떠올리면 딱딱한 정치 도시가 연상되면서도 스미소니언 박물관이 존재하기 때문에 문화 도시의 이미지도 함께 갖추게 된다.

그런 점에서 부산에서 국제영화제가 해마다 개최되는 것은 큰 의미가 있다. 해운대 바닷가의 낭만과 영화가 만나고, 남포동의 투박한 지역 정서가 세계적인 감수성과 어우러져 빚어내는 BIFF 축제는 부산 시민에게 커다란 축복이다.

나는 태국, 인도, 이슬람권의 영화에 관심이 많다. 태국인의 소박한 심성과 강한 액션을 선보이는 남자 배우들의 스토리가 흥미롭다. 인도인 특유의 해학과 현란한 춤, 그리고 전통 의상인 사리를 입은 여배우들이 선보이는 시선도 매력적이다. 이슬람권 영화에서는 종교적 편견에 가려 미처 발견하지 못한 그들의 사소한 일상을 엿볼 수 있어 좋다.

최근의 미국 할리우드 영화를 보면 그들의 상상력이 고갈되었음을 종종 느낀다. 물론 엄청난 자본과 새로운 기술로 무장되어 있다. 반면 관객의 영혼에 깊은 감동을 안겨주는 경우가 드물다. 서구의 상상력이 한계를 드러낼 때, 특유의 정서와 예술성으로 무장한 아시아 국가 감독들이 전개하는 영화의 세계는 놀랍고 새롭다.

특히 개막작으로 선정된 중국 왕가위 감독의 〈2046〉이 기대된다. 지난 5월 칸영화제에서 먼저 소개됐지만 작품의 완성도를 위해 재촬영과 편집을 거친 완성본을 이번에 선보인다니 더욱 기다려진다. 왕가위의 작품은 대화의 단절과 고독하고 허무한 분위기가 주조를 이룬다. 이에 보태 할리우드 영화에서 보기 힘든 끈끈하게 흐느끼는 듯한 그리움이 가슴을 파고든다. 그의 빼어난 '영상 미학'은 압도적이다. 나는 황홀한 사막의 이미지에 상처를 간직한 인물들의 내면을 투사시킨 〈동사서독〉의 장면들을 잊을 수 없다.

폐막작인 〈주홍글씨〉는 비디오 매체를 통해 현대인을 통찰해왔던 변혁 감독의 신작이다. 그는 살인과 간음을 소재로 이 작품을 전개시킨다. 이성에 대한 성적 욕망과 소유욕 사이에서 얽히는 살인과 배신, 그 결과가 어떠한 방식으로 전개될지 궁금하다.

가을이 성큼 다가왔다. 귀뚜라미 소리가 늦은 밤에 들려온
다. 고독한 영혼끼리 손을 맞잡고 푸르스름한 스크린의 바다에 풍
덩 빠지고 싶다.

깨달음의 집을 짓는 사람

사막 한가운데서 홀로 '깨달음의 집'을 짓는 착한 미국 남자를 만났다. 지난봄에 계룡산 무상사 국제선원 준공식에서 축시 낭송을 한 뒤, 비탈길에 서 계신 무량 스님을 뵈었다. 훤칠한 키에 맑고 푸른 눈동자가 인상적이었다. 까칠까칠해 보이는 하얀 살갗에 푸른 기운이 묻어 나왔다. 월든 호숫가에 은둔한 데이비드 소로가 떠올랐다. 내면의 빛을 따라 스스로 고독한 삶을 선택한 그에게서 소나무 향기가 배어 나왔다.

무량 스님께 인사를 드리고 내 시집을 드렸다. 스님은 기쁘게 받으시고 태고사로 놀러 오라고 하셨다. 스님은 예일 대학을 졸업한 후, 숭산 큰스님의 가르침을 따라 한국 불교에 귀의하셨다. 1993년부터 미국 캘리포니아 주의 모하비 사막에서 태고사를 짓고 계신다.

올가을에 출간된 무량 스님의 수행기인 『왜 사는가』를 읽었다. 노동과 참선을 결합시킨 무량 스님의 삶이 신선하게 다가왔다. 도시라는 사막 속에서 비참함과 절망에 허덕이는 현대인들에게 오아시스 같은 통찰력을 선사하는 책이었다. 자신이 정한 원칙과 의지를 실천에 옮기는 스님의 순수한 열정이 묘한 감동을 불러일으켰다.

누군가 내게 종교가 무엇이냐고 물으면, "나는 가톨릭 신자이지만 불교를 참 좋아합니다"라고 말한다. 나의 종교가 소중하면 타인의 종교도 고귀하다. 세월이 흐르면서 불교에 심취하게 되는 나 자신을 발견한다. 기독교가 직선적인 시간관인 반면, 불교의 순환적인 시간관은 삶을 보다 느긋하게 해준다. 단 한 번의 인생으로 천국과 지옥이 결정된다는 일회적 사유보다는 윤회나 전생의 개념이 내포된 순환적 시간이 더 설득력 있게 다가온다.

책을 읽다가 문득 특이한 사진 한 장을 발견했다. 보따리를 옆구리에 끼고, 스님의 두 손에 든 책이 눈에 들어왔다. 자세히 보니 지난봄에 스님께 드린 첫 시집인 『거울은 천 개의 귀를 연다』의 뒷면이었다. 그 사진을 보는 순간 나도 모르게 눈물이 났다. 스님이 미국인이라 시집을 제대로 읽을 수 없을 것 같았는데, 스님께서 내 시집을 소중하게 여기시는 마음이 담겨 있었다. 덕이 높은 분들의 공통적인 특징은 사소한 일상의 만남을 고귀한 것으로 승화시키는 데 있다.

　　무량 스님은 사막 한가운데 절을 짓고 평화의 종을 달고, 나는 언어의 사막 한가운데 시의 집을 짓는다. 그냥 내면에서 들려오는 목소리를 따라갈 따름이다. 태고사의 추녀 아래 무량 스님과 함께 참선을 하고 싶다. 고요히 명상에 잠겨 '지금, 이 순간에' 왜 내가 존재하는지, 나는 어디에서 왔는지 깨달아야 되리라. 오직 모를 뿐!

무상사에 내리는 눈

계룡산 향적산 끝자락에 자리 잡은 무상사에 갔다. 눈이 녹지 않은 산사에는 서늘한 한기가 맴돌았다. 7박 8일간의 가행 정진에 참석하기 위해 입방 신청서를 내었지만, 하루에 잠을 세 시간만 자는 프로그램을 제대로 할 수 있을까 걱정이 앞섰다. 무상사 국제선원은 숭산 큰스님이 세우신 절이다. 현재는 그의 제자인 대봉 스님과 대진 스님이 절을 운영하면서 눈이 파란 외국인 스님들을 교육하고 있는 곳이다. 특이하게도 동안거, 하안거에 스님들과 일반인들도 함께 수행할 수 있다. 그리고 종교에 차별을 두지 않는다. 난 가톨릭 신자이지만, 참선 수행에 동참할 수 있었다.

개인적으로 주지이신 대진 스님과 인연도 있었지만, 참선은 참 매혹적인 세계이다. 내면에 있는 참된 존재를 발견하는 과정이다. 기독교식으로 말하자면 마음속 하느님을 찾는 것이고, 불교식으로 말하자면 내 안에 잠재된 불성을 찾는 것이다. 화두는 정말 낯선 언어의 세계이다. 부처님이 마하가섭에게 연꽃을 들어 보였을 때, 언어를 뛰어넘어 전해지는 그 무엇을 찾아가는 여정이다. 어찌 매혹적인 여정이 아니겠는가.

언어가 끊어진 자리, 분별 의식이 사라진 자리, 그야말로 무상의 자리가 아닌가! 그런데 그 참선을 수행하는 과정이 만만하지 않았다. 우선 새벽 3시에 일어나 108배를 하고, 4시에는 냉방이 제대로 안 된 법당에서 예불하면서 염불을 하고, 5시까지 참선을 하면, 몸이 노곤하고 피로하여 졸기 일쑤였다. 새벽 참선이 끝나면 스님들과 함께 발우 공양을 하는데, 밥을 타인들과 속도를 맞추어 빨리 먹어야 했다. 특히 경험이 없는 상태에서 공양 의식을 지키면서 조심스레 밥을 먹으려니 체할 것 같았다. 모두가 서로를 바라보는 자리 배치에서 오는 긴장과 침묵, 그리고 설거지 과정이 쉽지가 않았다.

첫날은 화장실에 갔다 들어가니 모두 앉아 기다리고 있었다. 얼마나 긴장했던지 밥그릇도 챙기지 않고 자리를 찾으려고 들어가니 입승 스님이 발우부터 챙기라고 눈치를 주셨다. 이튿날에는 죽을 받을 때 국그릇에 담아야 하는데, 나만 밥그릇에 죽을 담았다. 주지스님이 눈을 흘기시는 것 같았다. 말을 못 하니까 눈치

등불을 든 눈사람

로 해야 하는데, 눈치가 부족한 나는 긴장하면서 밥을 먹는 상황이 한동안 힘들었다. 일주일이 다 지나가니까 익숙해져 밥을 제대로 먹을 수 있었다. 그래도 그 독특한 식사 시간이 의미 있었다. 서른 명 가까운 식구들이 함께 조용하게 밥을 먹는다는 것, 같은 반찬에 모두 방바닥에 앉아서 평등하게 음식을 나누는 것이 인상적이었다. 평등이란 무엇일까? 하루 세끼 밥을 먹을 때, 음식 값은 천차만별이다. 큰스님이나 행자나 일반 신도나 같이 밥을 먹고 함께 설거지를 하는 차별 없는 세계가 주는 편안함이 있었다.

발우 공양이 끝나면 울력 시간이었다. 침묵을 지키면서 각자에게 주어진 노동을 한다. 나는 공양간, 즉 부엌에서 행자 스님을 돕는 일을 했다. 설거지를 마치면 나와 룸메이트는 누가 말하지 않았는데도 자연스레 과일을 담당하는 역할을 맡게 되었다. 나는 나흘 동안 커다란 석류를 한 알 한 알 정성스럽게 까야 했다. 그래서 내가 방에 들어가 룸메이트 L에게 너는 다 떨어진 승복 바지를 입고 수행하면서 키가 크니까 큰스님을 하고, 나는 석류 까는 일을 나흘을 했으니 석류도사라고 부르자면서 서로 깔깔깔 웃었다. 또 다른 룸메이트 Y는 미인이어서 연화보살로 불렀다.

날씨가 춥고 잠도 부족하고 긴장된 나날이었지만 방에 들어가 서로 농담을 하며 웃을 때는 피로가 날아갔다. 사실, 방 안에서도 침묵해야 하는데 그 규칙을 지키지는 않았다. 천지 분간을 못해서 그냥 본성이 시키는 대로 살았다. 참선하면서 세상 근심을 내려놓고 화두에 몰두하다 보니, 어느새 마음이 맑아진 탓인지 아이들처럼 천진난만하게 아주 사소한 일이 그렇게 우스웠다. 난 L의 떨어진 승복 바지를 볼 때마다 키득키득 웃음이 나왔고, L은 간식 시간에 남은 음식을 방 안에 가져와 옷장에 넣어놓고 흐뭇해하는 나를 보고 신나게 웃었다. 음식 먹는 시간, 쉬는 시간 모두가 통제되는 상황이어서, 어쩌다 간식을 놓친 날에는 달콤한 초콜릿이 마구 먹고 싶어졌다. 집에서는 냉장고에 쌓여 있어도 잘 먹지 않는데 이상했다. 결핍에서 오는 욕망 같은 거였는지 모른다. 옷장에 초콜릿 두 개와 밀감 하나를 준비해두면 왠지 부자가 된 것 같아 즐거웠다. 아이들이 장난감에 집착하거나 과자에 몰두하는 것과 비슷한 상태였다.

　　화두를 들고 참선을 한다고는 했지만, 꾸벅꾸벅 졸거나 중간중간 잡념에 빠지지가 일쑤였다. 선문답 인터뷰를 할 때는 정신이 번쩍 들지만, 집중이 쉽지 않았다. 마지막 날에는 새벽 3시까지 참선을 하니 정말 힘들었다. 겨우 3시까지 버티고 나니 다시 108배를 해야만 프로그램을 마친다고 했다. 잠시 방에 가서 쉬면서 방바닥에 누웠는데, 그길로 잠이 들어 결국 마지막 108배는 참석을 못 한 채 프로그램을 끝냈다. 끝까지 최선을 다한다는 것이 얼마나 어려운지를 새삼 깨달았다.

　　　　　　　　　　　　　　　등불을 든 눈사람

밤하늘에 빛나는 북두칠성과 초승달, 그리고 눈이 내린 무상사의 지붕이 아직도 마음에 남아 있다. 일주일간의 철없는 아이 같은 경험이었지만, 내면에서 번뇌는 많이 사라졌고, 사유가 단순해져 영혼이 단단해진 듯했다.

희망버스에 내리는 눈

　하얀 눈이 내린다. 장독대에 소담스레 쌓인 눈을 두 손에 담아본다. 뽀드득 뽀드득 털 달린 부츠를 신고 걷는다. 당신이 있는 곳에도 눈이 올까? 기차를 타고 가는데 당신이 보낸 카드가 왔다. 눈이 내리는 풍경에 음악이 담겨 있다. 당신은 너무 가까이 있어, 아니 너무 멀리 있어 다가갈 수가 없다.

　문득, 사랑에 빠지는 순간이 있다. 예기치 않은 여우비처럼 혹은 폭풍처럼 휘몰아치는 순간이 있다. 겨울 바다는 오전에 햇살을 받아 잔잔하지만 차갑게 빛난다. 지난여름 태풍이 불 때 바다는 성난 얼굴로 천둥처럼 울었다. 갑자기 사랑에 빠지는 순간은 왜 찾아올까? 아주 사소한 스침, 난 왠지 '우리'라는 단어에 한없이 나약하다. 누군가 "우리 혜영 씨"라는 말을 건네면 갑자기 포근하고 다정해진다. 어릴 때 아버지가 애칭으로 늘 "우리 영아 씨"라고 다정하게 불러준 그 목소리가 무의식에 남아 있다. 겨울밤처럼 차갑고 우울할 때, 누군가 그 말을 건네면 어린 조랑말처럼 따라가고 싶어진다. 그곳이 맥주집이건 소주집이건 하얀 눈이 쌓인 숲이건 무작정 따라가고픈 욕망이 있다. 어른이지만 내 안에 여전히 가냘픈 소녀가 숨어 있다. 마치 덩치 큰 남자가 어깨를 들썩거릴 때, 낯익은 소년의 얼굴이 떠올려지듯이.

젊은 날 달콤한 목소리로 다가왔던 당신의 얼굴에 점점 주름이 깊어진다. 때론 사소한 일에 불쑥 화를 내는 얼굴, 바깥일로 인해 순위 밖으로 밀려나는 나를 사랑하기나 하는 걸까? 가끔 궁금하다. 연애할 때 서울 가는 버스를 탔는데 함박눈이 쏟아졌다. 길이 미끄러워 제대로 걷기 어려웠다. 이때다 싶었는지 얼른 자신의 바바리코트 주머니에 내 손을 집어넣었다. 그 달콤함은 눈처럼 다 녹아버린 것일까? 사랑은 눈처럼 사라지지만, 눈꽃은 여전히 마음속에 남아 일상 안에서 순간순간 피어난다.

나는 나지막하고 다정한 목소리에 전율을 느낀다. 남자는 시각적 대상에 사로잡히는 경우가 많고 여성들은 청각 혹은 분위기에 매혹된다. 애잔하면서 강렬한 목소리를 지닌 가수들의 마력은 아마도 여기서 비롯될 것이다. 음악은 시나 미술보다 더 일차적으로 대중의 마음을 뒤흔드는 힘이 있다. 시를 쓰면서 점점 리듬이 갖는 매혹에 대해 고민을 자주 한다. 탁월한 시인에게는 리듬의 맛에 대한 천부적인 감각이 있다. 리듬을 살리려면 시인 스스로 시적인 상황에 흥건히 몰입하거나 수없이 퇴고를 해야 한다. 가끔 천부적 재능이 있는 것처럼 퇴고를 많이 하지 않는다는 시인이 있지만, 눈 밝은 사자는 절대 속지 않는다.

하얀 눈이 내린다. 눈이 하늘에서 내리는 풍경을 마주하다가 38층의 고층 아파트에서 바다로 낙하하는 눈을 보았을 때 아주 경이로웠다. 눈꽃들이 작은 점처럼 하나둘 떨어지는 풍경을 내려다보는 시점은 이 세계의 신비를 나만 보는 듯했다. 시 창작을 하면서 느끼는 희열도 어쩌면 그와 비슷하리라. 나만이 들을 수 있는 목소리, 나만이 불러들일 수 있는 목소리를 갈망하는 눈빛이 겨울 밤거리를 배회하고 있다.

며칠 전 한진중공업 정리해고에 반대하여 '희망버스'를 기획했던 송경동 시인이 법원에서 실형 2년을 선고받았다는 소식을 들었다. 다수의 문인들이 마음을 모아 멀리 부산까지 원정을 오기도 했다. 비정규직의 불안과 노동자의 삶에 촛불처럼 빛나는 그의 시가 다시 타오르기를 빈다. 그에게 내려진 형벌의 무게는 왜 이리 무거운가? 민주주의 국가라고 하지만, 아직도 권력과 부가 집중된 계층에게는 자유가 가득하고 소외된 자들은 가장 먼저 차가운 거리로 내몰린다. 시인은 그러한 현실에 대해 울부짖고, 촛불을 켜는 예언자처럼 때론 깃발을 외롭게 치켜드는 존재이다.

성탄을 기다리며 차갑고 어두운 거리에 첫눈처럼 희망버스가 달리기를 기원한다. 깃발을 펄럭이다 흔적 없이 사라지는 희망이지만 작은 둥지의 새들에게 따스한 안부를 전한다. 조건 없이 그냥 사랑에 빠지듯, 주변의 꽃과 나무와 지친 당신들에게도!

등불을 든 눈사람

3

등꽃 날리는 유리창

참새들의 천사

　　어머니의 꽃밭에는 작약, 영산홍, 철쭉, 백합, 모란이 활짝 피어 있다. 자식들 떠나고 어머니는 화초 가꾸는 데 온갖 정성을 쏟으신다. 며느리도 자유롭게 살아봐야 한다고 내보내고 가끔 어머니는 외로워 우신다. 지난 2월 일흔넷의 나이로 일본어 자격시험 1급에 합격하셨다. 아마 최고령 합격일 것이다.

　　"이젠 마음 놓고
　　옆집 할머니와 고스톱 치면서 놀아도 돼."

라고 말씀하시며 어머니는 웃으신다.

　　패션 디자이너나 문학가가 되고 싶었던 어머니는 우리가 어릴 때 쓰던 책상을 안방에 들여놓고 공부하신다. 틈만 나면 NHK 방송을 듣고 일본말을 익히신다.

> "자식들에게 해가 갈까 봐
>
> 늘 손해 보고
>
> 양보하는 마음으로 살았어."

라는 말씀에 가슴이 뭉클하다. 모든 어머니는 이 세상을 아름답게 가꾸는 천사들이다. 어머니의 꽃밭에는 참새들이 매일 찾아와 강아지가 먹다 남은 밥을 주워 먹고 놀다 간다. 자식들 떠난 자리에 새들이 날아와 자식 노릇을 한다. 새들의 어머니가 되어 웃으신다.

등꽃 날리는 유리창

우렁신랑이 차리는 저녁

낙동강을 따라 노을이 진다. 퇴근하는 차들이 피곤한 짐승처럼 느릿느릿 기어간다. 황령 터널까지 지루하게 연결되는 긴 행렬. 배가 고픈지 갑자기

'이리 살아 뭐하나'

모든 걸 때려치우고 싶다. 자동차 앞 유리가 흐릿해진다. 마른 눈동자에 붉은 눈물이 빙그르 돈다. 꾸역꾸역 도착한 주차장에 차를 풀어놓는다. 낙타처럼 긴 사막을 다녀온 듯하다. 엘리베이터를 누른다. 날마다 똑같은 현관문을 열 때,

‘우렁신랑이 맛있는 저녁 식탁을 차려주었으면’

이런 생각이 문득 일어난다. 날씬한 허리와 풍만한 젖가슴을 가진 원더우먼은 우렁신랑을 밧줄로 끌어당길 수 있을까. 지니의 램프처럼, 퇴근하면 가사 일을 도와주는 요정이나 마법사가 있으면 좋으련만. 집과 직장을 오가는 여자들은 매일매일이 전쟁이다. 〈마녀유희〉라는 드라마의 주인공은 젊은 여사장인데 남자 가정부를 두고 있다. 그녀가 첫사랑이었던 의사를 선택할지, 남자 가정부를 선택할지 슬슬 궁금해진다. 골드미스 혹은 유리 천장을 뚫은 커리어우먼에게 진정으로 필요한 것은 무엇일까.

요즘, 요리 채널에 멋지고 섹시한 남자들이 출연해 요리 실력을 뽐내곤 한다. 1인 가구가 늘면서 집밥을 그리워하는 심리가 반영된 것이라고 한다. 멋지게 요리하는 남자들을 보면 기분이 상큼해진다. 요리 솜씨를 자랑할 정도의 남자라면 인생의 깊은 맛을 아는 사람일 것이다. 서양 남자들이 요리에 자부심을 느끼고 자랑하는 것을 자주 보지만 한국 남자들은 그렇지 않은 경우가 아직은 많다. 아내 생일에 미역국을 끓여주는 남편을 사랑하지 않을 비정한 여자가 있을까.

사회적 지위와 경제력을 가진 남자가 집에서 대접을 받는 것을 당연하게 여기는 경우도 있다. 어쩌면 그런 이유 때문에 한국

등꽃 날리는 유리창

사회에 이혼이 급증하는지 모른다. 아내가 아플 때, 따끈따끈한 죽한 그릇 요리해주는 남자가 멋지지 않은가. 돈 많이 벌고 섹스 테크닉이 좋으면 남자의 역할을 완수했다고 자부하는 이도 있다지만 삶은 그렇게 간단하지 않다. 고급 호텔처럼 맛있는 식사와 깔끔한 침대를 준비하느라 온전히 하루를 바치는 아내는 무슨 생각을 할까. 어쩌다 아내가 아프면 집 안의 모든 것이 엉망이 된다. 아프면 병원에 가보라 퉁명스레 말하기보다 세심한 관심을 기울이는 사람이 그리운 저녁이다.

직장을 위한 스펙 쌓기도 힘든데 요리까지 더해져 요즘 남자들이 더 힘든 세상인지 모른다. 그래도 아내가 집에만 있기를 원하거나 하녀처럼 모든 걸 봉사해주기를 바라는 남자도 있다. 다음 생에 그 빚을 되갚아야 된다면 어떨까. 일상 안에 스며 있는 가부장제는 그런 것을 은근히 조장한다. 서로 존중하고 도움을 주는 게 행복의 열쇠다. 자신의 목표나 욕망에만 치중하기보다 같이 가자 손 내미는 따스한 남자가 그립다. 그에게는 풋풋한 사내 냄새가 난다. 왠지 그의 품에 안기고 싶다. 까만 앞치마를 두른 채 순두부찌개를 끓이는 그의 등에 잠시 기대고 싶다. 우렁신랑이 그리워지는 저녁 식탁이다.

님포매니악

    독특한 제목의 영화 〈님포매니악〉은 호기심에 파란 불을 켰다. 님포매니악은 여자 색정광을 뜻하는 단어다. 얼핏 섹스 중독자의 고급스러운 표현 같지만, 섹스 자체를 즐기는 사람이라는 의미가 강조된다. 덴마크의 김기덕이라 불리는 거장 라스 폰 트리에 감독의 영화다. 인간의 본성과 광기와 쾌락에의 매혹 등 여러 요소가 잘 어울려 유럽 영화의 깊이를 느낄 수 있는 수작이다. 그의 〈멜랑콜리아〉도 보았는데, 인간의 불안 심리를 아주 극적인 방식으로 전개하는 솜씨가 빼어나서 인상적이었다.

    〈님포매니악〉은 원래 상영 시간이 다섯 시간이 넘는 장편 영화인데, 네 시간 분량으로 줄여서 1부와 2부로 나누어 극장에서 상영한다. 1부의 마지막 장면이 급작스럽게 끝나 놀랐지만, 2부의 결말은 충격적이어서 커다란 망치로 머리를 한 대 맞은 것처럼 신선하다. 흔히 말하는 '낯설게 하기'라는 문학적 기법과 오픈 엔딩의 전형을 보여준다. 감독의 페르소나가 투영된 주인공 '조'를 연기하는 프랑스 여배우 샤를로트 갱스부르의 뛰어난 연기에 찬사를 보낸다. 화장기 없는 얼굴에 잔혹하고 이상한 장면에 자신의 몸을 온전히 던지는 배우의 열정 때문에 그녀를 사랑하지 않을 수 없다.

성적 본능이 싹트고, 기존 사회의 윤리와 법에 저항이라도 하듯 자신의 욕망을 아주 충실하게 따르는 '조'는 호색한 돈 주앙의 여성 버전이다. 이 영화에는 정신분석에서 논의되는 주요 개념들이 들어 있다. 트라우마, 콤플렉스, 성도착, 불감증, 마조히즘, 사디즘, 심지어 동성애까지 은유적으로 인물들에 녹아 있다. 현대인의 불안과 공격성이 어떻게 유발되고 전환되는지에 대한 통찰을 얻을 수 있다. 여자 색정광이라는 선정적인 인물을 통해 자본주의 사회 내에서 부유하는 욕망의 기표가 어떻게 굴절되는지도 엿본다. 특히 획일화된 법의 잣대 아래 주체의 욕망이 아닌 대타자의 욕망에 더 충실하게 살아가는 삶이 과연 행복한지에 대한 의문을 제기한다. 경쟁 사회에서의 성공이 과잉으로 요구되는 삶이 한 개인의 행복에 무슨 의미가 있는지를 감독은 교활할 정도로 예리하게 파고든다.

수많은 남성을 통해 성적 쾌감을 추구하는 조가 내뱉는 대

등꽃 날리는 유리창

사 가운데 "난 당신들과 달라, 그리고 나 자신을 사랑해"라는 말은 영화 전체의 주제를 암시한다. 그리고 2부 마지막 부분에서 근원적 허무를 느끼는 조가 하는 독백, "나의 모든 구멍을 채워줘"라는 말은 의미심장하다. 인간 존재 자체가 느끼는 근원적 허무, 끝없는 외로움에 대한 정서를 환기시키기 때문이다. 욕망하는 대상이 순간순간 바뀌고 대체되지만, 결코 온전하게 채워지지 않는 그 무엇에 대한 탐구가 이 영화의 매력이다.

라스 폰 트리에 감독은 사회적 금기와 윤리를 보란 듯이 비웃는 시선을 보여주지만, 그가 정말 혐오하는 것은 위선이다. 법의 이름으로 자행되는 폭력, 종교나 이데올로기가 강요하는 규범의 이면에서 가혹하게 배제되는 약자나 소수자에 대한 연민을 읽을 수 있다. 즉 의식의 영역에서 밀려나버린 저 무의식의 욕망에게 하나의 해방구를 영화를 통해 제시한다.

조가 추구하는 초자아의 욕망은 왠지 숭고한 열정 같기도 하다. 공포와 배제와 좌절을 스스로 감당하는 인물의 고독이 관객에게 전해지기 때문이다. 문득 차에 불을 지르고픈 10대의 분노와 황혼 이혼을 꿈꾸는 중년 여인의 억압된 심리는 어디서 오는 걸까? 소녀와의 달콤한 섹스를 꿈꾸는 중년 남자의 숨겨진 욕망은 어떻게 설명해야 할까? 경계 바깥의 타자에게 너무 무심한 사회구조와 차이를 인정하지 않는 대중의 왜곡된 심리에 감독은 흔들리는 촛불을 내민다. 불안과 해소되지 않는 욕망의 탈출구를 찾는 현대인의 가장 극단적인 초상화를 통해 인간의 깊은 심연을 엿보게 된다. 자신의 욕망을 사랑하면서 타자의 고통에 깊이 공감하는 시선이 필요한 계절이다.

등꽃 날리는 유리창

하얀 욕망의 집

철학에 목마른 시대인지 모른다. 그 무엇에도 고정된 것 없이 부유하듯 포스트모던이라는 단어는 삶의 곳곳에 스며 있다. 주체에 대해 가만히 사유해본다. 주체가 과연 존재하는가. 데카르트의 코기토처럼, 생각하는 자아인 이성적 주체가 설 자리를 잃은 지 오래된 것 같다. 그 틈새를 비집고 슬그머니 머리를 내미는 것은 아마도 욕망일 것이다.

욕망을 불러일으키지만 뚜렷한 형상은 보이지 않은 채, 한 시대를 주무르고 슬며시 사라지는 것들, 유령처럼 사라지는 것들을 떠올려본다. 너무 빨리 변화하는 삶 앞에서 가끔 멍하니 갈 곳을 잃어버린다. 주체를 찾아 이리저리 배회하다가 문득 눈앞에 마주친 것이 있다. 죽은 듯 숨어 있다 꿈틀꿈틀 살아나는 욕망 가운데 하나가 '집에 대한 참을 수 없는 욕망'이다. 한국인에게 집은 단순한 거주 공간이 아니라 소유와 사회적 성취를 상징하는 그 어떤 매혹이다. 주체를 구성하는 의식과 무의식을 명쾌하게 설명하기 어렵지만, 눈앞에 보이는 고층 아파트와 빌딩은 이미 자본의 욕망과 무의식이 반영된 것이다. 잠재한 의식이 드러나는 순간에 숨어 있던 무의식이 서로 연대하여 일어나는 것이 아마도 집에 대한 우리의 욕망일 것이다. 안식과 부의 상징으로 인식되는 집은 자본의 손아귀에서 결코 자유로울 수 없는 대상으로 다가온다. 넓은 정원과 보안 요원과 손님을 위한 객실까지 갖춘 집은 평범한 서민에게는 신기루이다. 무너질 것 같은 오래된 집들, 주차 공간이 없어 곡예를 벌이는 골목길, 그곳에 사는 늙고 병든 사람들에게 재개발의 희망은 무엇일까. 소수의 부유한 사람에게만 근사한 집이 제공되는 사회 시스템은 이미 병든 식물이다.

엄마의 젖무덤을 찾는 아이처럼 풍요와 안락을 주는 집이 그립다. 모두에게 행복을 가져다주는 마법은 천국에 있다지만, 도시 전체가 공원처럼 아름다운 미래를 꿈꿀 수는 없는가. 꽃들이 넘쳐나는 동화 같은 집에서 달팽이처럼 마을 사람들이 느릿느릿 걸어 다닌다. 일과 휴식이 조화되어 느긋한 여유를 누릴 수 있는 집과 호숫가의 마을을 그려본다.

끝없이 잡초처럼 자라나는 집에 대한 욕망을 다른 방향으로

등꽃 날리는 유리창

분출하도록 정부의 일관된 비전과 전략이 필요하다. 일시적인 처방이 아닌 장기적 안목에서 주택 정책을 보다 세심하고 치밀하게 수립해 누구나 아름다운 집을 가질 수 있게 되기를 희망한다. 이제 권위적인 정치철학은 쓰레기통에 던져버려야 하지 않을까. 점점 복잡해지는 대중의 내면 심리를 이해하는 유연한 정치철학이 필요하다. 경계를 넘나드는 시대에 다양한 형태와 색채를 가진 집들이 건설되기를 바란다. 닭장 같은 아파트촌이 아닌 건물 자체가 예술이 되는 그런 마을을 상상해본다.

동화 같은 마을로 걸어가는 이 밤이 아직은 길고 어두컴컴하다. 다시 욕망의 화려한 불빛들이 켜지기 시작한다. 구부정한 노인이 폐지를 주워 수레에 실어 끌고 간다. 그가 올라가는 계단은 얼굴의 주름만큼이나 꾸불꾸불하다. 멀찌감치 서 있는 가로등이 그의 야윈 등을 가만히 비춘다.

기적을 잉태한 처녀들

고대 신화나 전설을 읽으면 신성한 아버지가 존재하지만, 그의 아들들은 평범한 출생이 아닌 기적을 통해 태어나는 경우가 많다. 주몽의 아버지 해모수도 유화 부인에게 임신을 시켜놓고 훌쩍 떠나버린 비정한 아버지일지 모르는데 하늘에서 내려온 존재로 미화된다. 건국신화에서는 남녀 간의 에로틱한 성적 관계가 생략된다. 후백제를 세운 견훤도 아버지가 지네였으며 박혁거세 역시 알에서 태어났다는 방식으로 설화가 전해진다.

이러한 시도는 건국 시조의 탄생을 평범한 출생이 아닌 기적의 사건으로 극화시켜 미화시키는 전략이다. 종교 창시자에게도 이러한 예가 많이 발견된다. 예수 역시 성령으로 처녀에게 잉태된 신성한 존재로 언급된다. 그토록 거룩한 존재가 지상의 가장 낮은 삶을 선택해 태어났다는 메시지는 인류 역사에 큰 획을 긋는 대사건이 된다.

만일 예수가 성령으로 잉태된 존재가 아니라 보통 남자의 아이로 소박하게 태어났으면 어떻게 되었을까. 기독교의 토대가 되는 원칙이 깨어지는 것일까. 신성시하고 우상화하는 전통은 국가나 종교의 관습에 널리 퍼져 있다. 그 이면에는 지배자의 권위를 미화시키려는 정치적 의도가 깊이 스며 있다. 영웅 이데올로기의 다양한 버전들인 셈이다. 예수가 평범한 인간으로 태어났다 할지라도 사람들은 그의 가르침을 따랐을 것이다. 나사렛이라는 시골 출신의 촌뜨기 남자가 보여준 무한한 위로는 어디서 오는 걸까. 자신을 기꺼이 희생하며 보여준 숭고한 사랑 때문일 것이다.

기적으로 태어난 아이는 신성한 왕국을 건설하거나 새로운 이상 세계를 제시하지만, 그들의 어머니 가운데에는 아버지 없는 아이를 잉태한 순진한 처녀들도 있었다. 마리아의 딸들이 추운 겨울밤에 축복은커녕 비극이 되어버린 아이 때문에 떨고 있다. 하룻밤 뜨거운 사랑에 덜컥 임신을 하고 놀라 어쩔 줄 모르는 처녀들이 울고 있다. 해산할 장소를 찾아 차가운 모텔 방이나 여관방을 돌아다니는 무거운 발걸음 소리가 들려온다.

돌에 맞아 죽을 각오로 낳은 아들이 처참한 죄수로 사형에 처해질 때, 마리아는 얼마나 울었을까. 며칠 전 미장원에서 만난

등꽃 날리는 유리창

초라한 할머니의 말씀은 거룩한 복음이었다.

"남편에게 허구한 날 두들겨 맞아도,
자식들은 절대 버릴 수 없어 모질게 살아왔지.
요즘 여자들 참 모질기도 하지."

그 말을 듣고 마음 한구석이 찡하게 젖었다. 그녀는 살아 있
는 성모 마리아의 전형이었다. 너무 무거워 지워버리고 싶은 아이,
가슴이 새까맣게 멍들어가는 소녀들에게 따스한 구유를 제공해주
어야 될 텐데. 삶은 왜 이토록 고단한가. 내려놓고 싶은 삶의 고단
한 무게, 나침반을 잃은 욕망들 때문에 늘 허덕인다. 프랑스에서
는 미혼모와 그 아이에게도 일반 가정과 똑같이 정부의 혜택이 주
어진다. 한국에서도 미혼모들이 어쩔 수 없이 낙태를 하거나 두려
움에 떨면서 숨어서 아이를 낳는 일이 사라져야 한다. 모든 생명은
소중하기 때문이다.

문득 하늘에서 내리는 하얀 눈을 본다. 신성한 아이들의 환
한 웃음소리가 들린다. 하늘의 문이 열리듯 차갑게 얼어붙은 문들
이 환하게 열리는 크리스마스를 기다린다.

북극에서 온 쿠키

남쪽으로 열린 창으로 따스한 햇살이 들어온다. 아이가 학교에서 돌아와 무거운 가방을 연다. 불쑥 건네준 것은 방과 후 요리 수업에서 직접 구운 쿠키다. 동그란 밀가루 반죽에 펭귄과 커다란 별사탕을 얹어 오븐에 구운 과자다. 너무 예뻐서 먹지 못하고 냉장고에 보관하다가 접시에 올려두고 사진을 찍었다. 제목을 '북극에서 온 쿠키'라고 지었다. 얼음이 가득한 북극일지라도 따스함과 달콤함이 존재한다는 의미를 담았다. 태양이 뜨고 지는 사이 무수한 사건이 발생하고 아득한 먼지처럼 과거의 기억으로 잠수한다. 개인의 기억이건 국가의 사건이건 퇴색한 영화 필름처럼 과거로 저장되거나 소멸한다. 시간의 퇴적층에 한순간 별빛처럼 빛나는 사랑이 있지만 날카로운 칼에 찔린 듯 쓰라린 상처도 존재한다,

'기쁨이 넘치는 들판'이란 뜻의 이름을 지어준 탓일까. 아이는 잘 먹지도 않고 숙제도 하기 싫어해 엄마 속을 끓이지만 가끔 이런 기쁨을 선사한다. 지난 성탄에는 뜻밖에 산타의 선물을 받았다. 남편은 가시고기처럼 아이를 끔찍이 사랑하지만 아내에게는 섭섭할 정도로 무심한 편이다. 해마다 크리스마스에 아이에게 온갖 정성을 기울여 선물을 한다. 나이만 먹었지 철이 없는 나는 서운해 농담으로

"우리 집에 오는 산타는 노망이 들었나 보다.
올해는 우리 집에 안 왔으면 좋겠어."

라고 했더니 아이는 심각한 표정이 되었다. 엄마 때문에 산타가 레고를 안 줄까 봐 걱정이 되었든지 아빠에게 3만 원을 달라고 했다고 한다. 엄마는 돈을 좋아하니 자기가 산타가 되어 선물할 테니 비밀이라면서. 미처 그런 생각을 못했던 남편도 얼떨결에 빨간 속옷까지 준비했다. 성탄 아침에 아이는 시치미를 뚝 떼고 돈 3만 원과 삐뚤빼뚤한 글씨체로 '산타 할아버지의 선물'이라 쓴 쇼핑백을 안겨주었다. 나는 입이 귀에 걸린 채 웃었다.

아이가 태어났을 때 나는 병실에, 아이는 한 달 동안 인큐베이터에 있었다. 말기에 임신중독증 때문에 위독한 순간을 겪었다.

등꽃 날리는 유리창

요즘은 노산이 예사롭지만 그때는 나이 마흔에 아이를 낳는 경우가 드물었다. 임신 초반에 모든 일은 그만두고 집에서 쉬는데 책도 읽기 싫고 딱히 할 일이 없었다. 유독 재밌는 일이 텔레비전을 켜고 〈제이미의 요리 수업〉을 보는 일이었다. 젊은 영국 남자가 시원시원하게 요리를 하는 모습이 멋있었다. 태교할 때 요리 강좌를 재밌게 본 탓인지 아이는 요리에 비상한 흥미를 보인다. 책 읽는 것에는 그다지 흥미가 없다. 마음속으로 '태교가 정말 중요하구나'라는 생각이 스칠 때가 많다.

아이를 늦게 낳아 기르는 것이 쉬운 일이 아니다. 우선 체력적으로 빨리 지치고 젊은 엄마만큼의 열정이 없다. 아무리 잘 키워도 제 그릇의 크기만큼 자란다는 생각이 들어 느긋하게 여유를 부린다. 첫 아이 때보다 더 치열해진 엄마들의 교육열이 무섭기도 하고 부럽기도 하다. 엄마들 모임에 가서도 왠지 세대 차이가 느껴져 자꾸 구석 자리를 찾게 된다. 왠지 조심스러워지고 눈치를 살피게 된다. 나이가 든다는 것은 참 묘하다. 세상을 조금 알 것 같으면 낯선 복병이 떡 하니 길목을 막고 선다.

함박눈이라도 쏟아질 것 같은 날씨다. 펭귄은 남극에 살지만 북극성을 만나러 날개를 저어 북극으로 헤엄쳐갈 것이다. 아이가 만든 쿠키에는 경계가 없어 보인다. 남과 북, 차가움과 뜨거움, 달콤함과 쓰라림의 차이조차 훌쩍 뛰어넘는 천진한 세계이다. 아이와 함께 쿠키를 톡 깨물어본다. 입안 가득히 번지는 부드러운 쿠키와 달콤한 별이 빛나는 동화가 전개된다.

성철 스님의 아내

　　해인사 근처의 암자인 백담사 지붕에 봄비가 촉촉하게 내린다. 대학 시절 하숙집 룸메이트가 성철 큰스님을 친견한 이야기를 했을 때 왠지 신비감이 일었다. 삼천 배를 해야 만나주는 그가 궁금했다. 성철 스님의 대표적인 저서인 『자기를 바로 봅시다』는 데모로 얼룩진 캠퍼스에서 방황하던 내 마음을 붙들어준 책이다. 내 안에 내재한 불성의 위대함을 깨달아야 한다는 가야산 호랑이의 목소리에 정신이 확 깨어나는 느낌이었다. 남들이 가장 하기 싫어하는 일을 찾아 나서고, 가장 낮은 자리에 있어야 진리에 가까워진다는 말씀이 좋아 공책에 적어두었다. 개미의 목숨 하나도 소중히 여기라는 말씀은 소중하게 가슴에 남아 있다.

　　성철 스님의 일화 가운데 아내에 관한 이야기가 떠오른다 세상 사람들의 존경을 받았지만, 정작 그 아내에게는 얼마나 모진 남편이었을까. 스님이 수행하는 절로 아내가 찾아왔을 때, 그는 제자에게 그녀를 끌어내라 고함을 질렀다는 얘기를 읽었다.

왜 그랬을까. 남편으로서의 미안함 때문이었을까. 가여운 아내에게 완전히 미련을 버리도록 하기 위함이었을까. 이런저런 생각이 스치지만, 아마도 그분은 두려웠을 것이다. 그도 아내가 얼마나 그리웠겠는가. 애틋하고 미안한 자신의 감정을 어쩔 수 없는 순간이 아니었을까. 사랑이 큰 사람은 언제나 두렵고 걱정이 많은 법이다.

결혼 풍습은 나라마다 다르지만 우리나라는 부모가 져야 하는 경제적 부담이 너무 무겁다. 부모의 사랑이 과잉인지 전생 빚이 많은지 혼수 때문에 허리가 휠 지경이다. 자식을 대학 교육까지 시켰으면 책임을 다한 것이 아닌가. 남자는 집을 장만하고, 여자는 살림살이와 혼수를 반드시 준비해야 하는가. 남자가 전문직일 경우 여자가 집 장만까지 거들어야 하는 경우도 종종 있다.

며칠 전 외국인들과 만났는데 우연히 결혼 예물 이야기가 나왔다. 캐나다에서 온 주디는 옆 자리에 앉은 현욱의 시계를 멋지다고 칭찬했다. 그것이 결혼 예물이었다는 말에 놀라는 표정이었다. 작은 금반지를 나누는 그들의 결혼 문화와 차이가 난다고 했다. 그리스 여행을 갔을 때, 가이드가 그리스 여성은 경제적 주권을 많이 가지는 편이라 신부가 집을 장만하고, 신랑은 침대를 장만한다고 말했다. 왜 그럴까? 조금 의아했지만, 침대는 수입품이고 가격이 2천만 원에서 3천만 원 정도로 상당히 비싼 편이라 한다. 우리와 반대되는 상황이라 신기했다.

사랑과 결혼에 대한 대학생들의 글쓰기 과제를 읽는다. 그들은 눈먼 사랑의 기쁨과 현실적인 사랑의 한계를 충분히 인식하고 있다. 삶의 어려움에 대해 일찍 눈뜬 그들이 지혜롭지만 거침없는 청춘의 사랑이 아쉽다. 반지를 나누며 교회나 절, 혹은 둘만의 의미 있는 장소에서 소박하게 하는 결혼식도 아름답다. 호텔에서 화려한 드레스를 입은 신부가 부러울 때도 있지만 두 사람의 신뢰가 더 소중하다. 불꽃 같은 사랑은 화학적 반응이라 3년이 지나면 시들지만 믿음은 의지에 달려 있다.

성철 스님이 아내를 만나주지 않았을 때, 그녀는 무슨 생각을 했을까. 세월이 지난 후 그녀는 결국 스님이 되었고 외동딸 역시 출가했다. 현생에서는 가족이란 인연으로 만났지만 어쩌면 그들은 전생에 도반이었을까. 따님인 불필 스님은 말년에 스님이 편찮을 때, 곁에서 직접 스님을 정성껏 간호했다. 성철 큰스님도 아마 혈육이 편안하셨던 모양이다.

흔히 부부로 만나는 인연은 전생에 원수인 경우가 많다 한다. 사실인지 아닌지 모르지만, 결혼 생활이 그만큼 쉽지 않다는 뜻이리라. 낯선 두 사람이 만나 오랜 시간을 함께 보내는 것은 작은 기적인지도 모른다. 금혼식을 하는 부부를 보면 감동적이다. 큰 업적을 남기지 않은 소박한 사람들이지만 마음 깊은 곳에서 존경심이 우러난다. 이유도 모른 채 툭, 이 세상에 던져져 누군가와 살을 맞대고 50년을 산다는 것은 신비스럽고 고통스러운 제의이다. 지상의 모든 연인들이 천국에 놀러 온 듯 행복을 누리기를 빈다.

　　달맞이 언덕에서 하얀 웨딩드레스를 입은 신부가 남자의 상기된 볼에 풀빛 키스를 한다. 초록 풀잎이 흔들린다. 사진사가 그 순간을 놓치지 않는다. 찰칵, 찰칵!

　　　　　　　　　　　　　　　　등꽃 날리는 유리창

사랑에 대한 사소한 이유

벚꽃이 화사하게 피었다가 하롱하롱 지고 있다. 이번 봄에
는 왠지 기억이 과거로 퇴행해가는 듯하다. 『당신, 전생에서 읽어
드립니다』라는 책을 읽은 탓이다. 저자인 박진여는 독특한 영적 능
력의 소유자이다. 타인의 전생 정보를 1분 안에 읽어내어 상담 온
사람들에게 전생이 현생에 미치는 관계를 설명해준다. 책을 차분
하게 읽어보니 논리의 전개가 단순한 호기심 충족보다는 삶을 살
아가는 이유나 태도에 대해 새로운 방식으로 사유하게 한다.

윤회에 대한 사유는 삶을 죽음 너머의 관점에서 상상할 수
있게 유도한다. 부처님의 수많은 전생 가운데 동물이었을 때의 이
야기나 인간 세상과 영혼 세계에 출현한 모습은 경이롭다. 부처와
같은 자성이 모든 인간에게 구현되어 있는데, 우리가 미처 깨닫지

못한다고 한다. 아마도 우리가 태어날 때 전생의 기억은 저 깊은 무의식에 감금되었는지 모른다. 사랑의 감정을 느끼는 것이 우연이라 생각하는데, 깊이 들여다보면 뭔가 이유가 있고 인연이 있는 탓인지 모른다. 가족, 친구, 연인 혹은 사제 간의 만남도 우연인 것 같지만 필연일 수 있고, 자신이 이미 이 세상에 오기 전에 스스로 선택한 관계인지 모른다.

라캉은 사랑의 감정에는 다분히 나르시시즘적인 자기애가 많다고 말한다. 어쩌면 자기와 유사한 어떤 이상적 자아에 대한 판타지를 사랑하는 것은 아닐까. 어쨌거나 봄이 오고 꽃이 피고 사랑도 피어날 것이다. 좋은 인연이 사랑의 관계로 이 세상에서 만나기도 하지만, 그 반대의 인연이 사랑의 관계로 맺어지기도 한다. 이전 생에서 다하지 못한 사랑과 용서를 현생에서 보상하라는 것이 카르마의 원리이다. 그래서 사랑이 허무하거나 달콤하기보다 고통으로 각인되는지도 모른다. 꽃잎이 싸늘한 죽음으로 떨어지듯, 누군가를 사랑한다는 것이 때로는 자신을 내어주는 죽음이기도 하다. 그래서 사랑은 쉽지 않으며, 이성적인 의지만으로 안 되는 것이리라.

어떻게 사랑해야 할까. 타자를 사랑하기 이전에 자기 자신이 먼저 행복한 마음의 소유자가 되는 것이 좋을 것이다. 궁극적인 기쁨은 타자보다는 나에게서 비롯되기 때문이다. 어려움이 있

등꽃 날리는 유리창

든 슬픈 상황이든 고요한 기쁨에 머무르는 연습이 필요하다. 지상에서 천국의 기쁨을 느끼는 것은 축복이다. 선행을 쌓아 죽고 나서 천국에 갈지라도 그곳에서 행복을 느낄 줄 모른다면 무슨 소용이 있겠는가. 현실의 지옥 같은 상황 속에서 오히려 잔잔한 기쁨을 누린다면 그것이 더 의미 있다. 지옥에서도 기쁨을 누린다면 이미 그는 천국과 지옥, 삶과 죽음, 그 모든 경계를 훌쩍 뛰어넘은 자유인이다.

그 어떤 종교나 이데올로기나 그 어떤 우월한 대상에게도 종속되지 않고 당당하게 설 수 있는 마음자리를 찾고 싶다. 바람에 흔들릴지라도 마음 한 칸에 늘 잔잔히 벚꽃이 날리는 상태를 유지하려 한다. 이 모든 계절이 지나갈 것이고, 나도 당신도 다 지나갈 것이다. 욕실 한 모퉁이에 있는 제라늄과 선인장에게 다정한 인사를 나눈다. 어항에서 등을 말리는 거북에게도 따스한 말을 전하는 봄날이다. 가장 가까이 존재하는 당신의 눈길을 피하지 말고, 따스한 입김을 전하고 싶다.

실패한 연애와 담배 라이터

　이현호의 시적 화자는 라이터를 꺼내 입에 문다. 그의 첫 시집 『라이터 좀 빌립시다』에서 맨 처음 다가오는 것은 실패한 연애 이야기이다. 그것이 사실인지 아닌지가 중요한 것이 아니라 실패한 연애를 시적 모티프로 삼는 그의 시적 전략이 호기심을 자아낸다. 담뱃불이 깜빡깜빡 그의 입술에서 붉은 불빛을 머금을 때, 한순간 아름다운 성탄의 불빛이 반짝인다. 순결하고 서정적인 언어가 시작되는 지점이다. "그 겨울/살풋 맞잡은 손안엔/별이 살았다"로 시작하는 「성탄목」은 사랑을 막 꽃피우는 연인의 이야기가 아주 따스한 시선으로 전개된다. 일 년 중 가장 차가운 날인 크리스마스 이브에 거리를 지나는 연인의 마주잡은 손의 기표는 다정함의 세계를 암시한다.

성탄목

깍지 낀 손안에서 지구에서 가장 환한 성냥불 그 빛가로 애
인의 머리가 함박눈같이 내려앉았다 우리는 서로의 맘속에 이
별이 다녀갈 만큼 큰 굴뚝을 지어주었다 꼬마전구들을 별무리
처럼 휘감은 겨울나무가 계절을 잊고 이른 꽃순을 피워올렸다

이 시에서 애인이라는 대상 a에 대한 판타지를 구축하는 과
정은 애인을 종교적 차원으로 승화시키는 심리적 구조와 닮아 있
다. 절대적 타자와 같은 이상적인 이미지로 애인을 상상하는 단계
는 연애 초기에 흔히 남성의 상상계에서 작동된다. 하지만, 이것은
나르시시즘의 차원에서 이루어지는 자신의 욕망을 실현하는 것인
지도 모른다. 라캉이 논의하는 주체는 리비도의 심원한 차원에서
본다면, 애인이라는 타자일지라도 그 존재를 사랑하는 방식은 주
체의 욕망의 실현에 초점을 두게 된다. 「성탄목」에서 손을 맞잡은
연인의 따스한 체온은 별과 성냥불의 환유로 바뀌고, 애인의 머리
카락은 포근한 함박눈의 이미지로 계속 변화되어간다. 「붙박이창」
에서는 가벼운 스킨십을 넘어선 서로에게 겹쳐지는 이미지로 진전
된다.

붙박이창

안과 밖의 온도 차로 흐려진 창가에서 "무심은 마음을 잊었다는 뜻일까 외면한다는 걸까" 낙서를 하며 처음으로 마음의 생업을 관둘 때를 생각할 무렵 젖는다는 건 물든다는 뜻이고 물든다는 건 하나로 섞인다는 말이었다. 서리꽃처럼 녹아떨어질 그 말은, 널 종교로 삼고 싶어, 네 눈빛이 교리가 되고 입맞춤이 세례가 될 순 없을까 차라리 나는 애인이 나의 유일한 맹신이기를 바랐다.

시적 화자가 애인을 상상하고 그 내면을 궁금하게 여기는 과정에서 두 사람의 관계는 "젖는다"와 "물든다"처럼 서로 스미고 겹치는 이미지로 전이된다. 이러한 단어들은 레비나스식의 온전한 만남과 소통을 떠올리게 한다. 두 존재는 "하나로 섞인다"의 경지로 나아감으로써 기독교의 하느님과의 일체를 연상시킨다. 하느님이 내 안에, 내가 하느님 안에 있다는 이 합일 의식이 연인 사이에서 실현됨을 암시한다. 그것이 시적 주체의 강렬한 열망이다. 기독교 교리가 하느님의 말씀에 초점을 두지만, 가톨릭에서 미사 때마다 거행하는 성찬 의식에서는 예수의 몸을 받아먹음으로써, 육체적 합일의 함의도 강조한다. 그것을 단순한 상징적 예식으로 간주할 수 있지만, 믿음의 영역에서는 그 신비에 무게를 둔다. 단순한 연애의 서사가 종교적 신비와 맞닿아 있음을 암시하는 시적 사유가 비쳐진다.

　　그러나 이성 간의 온전한 합일을 꿈꾸는 시적 주체가 현실에서 직면하게 되는 것은 마녀와의 사랑이다. 순결한 이브의 잠에서 깨어나 그가 문득 발견하는 현실은 어쩌면 그 자신이 스스로 구축한 판타지의 몰락이다. 관계의 장에서 타자는 사랑하기 이전이건 이후이건 감정의 차원에서 엄청난 변화를 겪지만 그 존재 자체가 크게 달라지지는 않는다. 무엇보다도 사랑을 인지하고 감각하는 주체 내면의 폐허는 연애의 실패와 연관된다. 「마녀의 사랑」 서두에서 "에로스가 잠든 정오"에 시적 주체는 깜깜하게 어두워지는 당신을 발견하게 된다. "이 갸륵한 연애의 끝은 붉은 달이 뜨는 내 밀실에서 시작되었다"라는 고백을 하게 된다. 그러면서 배추벌레, 모기, 빈대, 달팽이, 도마뱀 등의 교미장면을 시 속에 삽입한다. 특히 달팽이와 모기의 사랑에 대한 묘사는 성적 억압과 판타지, 대상 a에 대한 사유와 연관되어 있다.

　　마녀의 사랑

　　달팽이 : 암수한몸이 될래 진액을 짜며 너에게로 갈래 네 손길이 머무는 곳마다 다른 색을 낳을래 소금에 닿은 듯 녹아내릴래 순교자처럼 흰 피를 쏟을 때

동물이나 곤충의 성적 에너지와 교미 장면을 시적 언어로 채집하면서 시적 주체는 끊임없이 성적 합일과 기독교적 신비와 순교 의식을 병치시킨다. "순교자처럼 흰 피를 쏟을 때"라는 구절은 순교자의 거룩한 피이면서 동시에 수컷의 몸에서 쏟아내는 정액이다. 생명의 근원이면서 가장 성스럽고 동시에 가장 외설스러운 이미지이다. 정액 자체가 갖는 순수 생명의 에너지에 금기라는 사회적 장치가 작동될 때, 그것은 차마 드러낼 수 없는 그 어떤 무엇의 장소가 되는 것이다. 결국 이현호의 사랑에는 설레는 감각이 묻어나는 시어들의 발현과 더불어 연애의 참혹한 끝이 공존한다. 이러한 과정은 주체가 상상적으로 설정한 판타지의 몰락임을 엿볼 수 있다. 타자에 대한 지극한 사랑의 이면에는 자신의 욕망에 더 충실한 리비도의 욕동이 내재해 있음을 간파할 수 있다.

성적 충동이 극에 달해 섹스를 할 때, 왜 죽음에의 동경을 품게 될까? 죽음 충동에 대해 프로이트는 『쾌락원칙을 넘어서』에서 성적 본능을 "대상을 지향하는 에로스의 일부라고 생각하며, 에로스는 생명의 시작에서부터 작동하며, 무생물적 물질이 생명을 얻음과 더불어 존재하게 되는 죽음 본능과 대치해서 '생명 본능'으로 그 모습을 드러낸다"*라고 주장한다. 즉 성적 본능은 물질의 부

---

* 지그문트 프로이트, 『쾌락원칙을 넘어서』, 박찬부 옮김, 서울 : 열린책들, 1997.

분들이 통합하고 융합하려는 반면에, 죽음 욕동은 각각의 세포가 노화의 과정을 거쳐 스스로 파괴를 지향하는 경향을 지칭한다. 그런데 이 두 욕동은 서로 처음부터 투쟁하는 것이라고 프로이트는 간주한다. 그래서 인간 생명의 정초가 되는 정액이 생성되고, 에로스적 욕망이 극점에 달해 사정을 통해 분출될 때, 그것은 수정을 통한 재생을 시도하지만 다수의 정자는 소멸이라는 지점을 지향한다. 그러한 세포들의 에너지가 이현호의 시에서 은유적으로 보어진다.

마녀의 사랑

> 모기 : 어둠의 발치에서 네 주위를 맴돌아 식지 않은 네 피를 자궁에 담아 낱낱의 땀구멍들 폐 깊숙한 곳에서 뿜어지는 네 숨결 곁에서 무심결에 죽어도 좋아

응집력과 추동력으로 치닫는 에로스와 자기 소멸을 지향하는 죽음 욕동의 공존이 비쳐지는 시편이다. 이 두 욕동은 반복의 특성을 보여준다. 프로이트가 대상을 지향하는 에로스적 욕망은 타자에의 공감으로 나아가고자 하고, 죽음 욕동은 침묵을 지키다가 에로스적 욕동을 통해 표출된다고 보는 반면에 라캉은 죽음 욕동을 확고하게 상징계에 위치시키면서 자연보다는 문화에 연결시

킨다. "라캉은 모든 욕동은 사실상 죽음의 욕동이라고 말한다. 왜 냐하면 (1) 모든 욕동은 그 자체의 소멸을 추구하며, (2) 모든 욕동 은 주체를 반복에 관여하게 하며, (3) 모든 욕동은 쾌락 원칙을 넘 어서서 즐거움이 고통으로 경험되는 과도한 향략의 영역으로 들어 가려는 시도이기 때문이다."* 딜런 에반스가 정의한 것처럼, 프로 이트의 죽음 욕동은 성적 욕동과 깊이 관여되어 있고, 라캉의 죽음 욕동은 주이상스의 영역에 맞닿아 있다.

연애는 마녀의 사랑을 닮았다는 가설처럼 사랑은 고통을 동 반한 실패와 분리의 늪에서 허우적거린다. 그러나 이현호의 시적 화자는 이 쓰라린 사랑의 욕동을 시적 담론으로 승화시키면서 관 계의 확장을 꾀한다. 단순히 사랑하는 연인간의 사랑만이 아니라, 존재에 대한 사랑으로 그 그물을 연결시키려 한다. 「아름다운 복수 들」 시편의 결말 부분에 "사랑한다. 사랑하지 않는다 …… 하나둘 떨어져나간 꽃잎들이 퍼즐 조각으로 완성할 아름다운 복수들. 복 수가 복수를 사랑해서 복수가 복수를 낳는, 그건 나무 더하기 나무 는 숲보다 아름다운 일"이라고 선언한다. 에로스의 사랑은 실패해 도 그 사랑의 연쇄가 삶을 보다 신비로운 숲으로 만들어줄 것이라 는 판타지를 다시 구축한다. 사랑이라는 판타지의 허구성과 부조

---

* 딜런 에반스. 『라깡 정신분석 사전』. 김종주 외 옮김. 서울 : 인간사랑. 2004

리를 관통해서 실재를 직면할지라도 이 참혹한 삶을 지탱하는 것 역시 사랑임을 역설하고 있다. 그것이 비록 상상계에 토대를 둔 오인이라 할지라도, 삶은 그 사랑이라는 판타지 없이는 살 수 없기 때문이다.

등꽃 날리는 유리창

커피프린스 1호점

　　동성애에 대해 편견이 아닌 차이를 인정하는 시선을 가지다가 막상, 자신의 자녀가 그렇다면 어떤 마음이 생길까? 궁금했던 적이 있다. 대학 때 수녀원 기숙사에서 머물 때, 천사처럼 복도를 거닐던 하얀 얼굴의 안나 수녀님을 좋아했던 기억이 스친다. 커다란 눈동자에 우수가 깃든 그녀는 참 매력적이었다. 동성 간의 사랑은 타자를 자기와 동일시하는 심리적 연대에서 비롯되는 것이 아닐까. 육체적 사랑이건 인간적인 끌림이건 영혼에 푸른 입김을 불어주는 특별한 존재가 있다. 가끔 그들은 우리 곁에 와서 머물다 바람처럼 떠난다. 죄로서 금기시하던 동성애가 포스트모던 문화에서는 '차이'를 인정하는 관점에서 수용되는 추세이다. 그래서 동성애 코드는 영화, 소설, 시 등에서 다양하게 변주된다. 남성과 여성 사이에 존재하는 사랑 이외의 또 다른 대안으로 동성애는 페미니즘 비평에서도 진지하게 다루어진다. 양성적 세계의 한계를 넘어 다양한 성의 공존을 지향한다.

〈커피프린스 1호점〉은 동성애를 주된 플롯으로 설정하여 극의 긴장과 호기심을 유지시킨다. 남장 여자인 고은찬(윤은혜)과 최한결(공유) 사이에서 그려지는 동성 간의 사랑은 무겁거나 질척거리지 않고 풋풋하다. 시청자는 인물들의 비밀을 알고 있기 때문에 거부감을 덜 느끼는지 모른다. 공유가 은찬에 대한 감정 때문에 고뇌하는 장면은 초자아와 이드가 충돌하는 심리를 엿보게 한다. 아버지의 법을 따를 것인가? 위반할 것인가? 영화나 소설에서 동성애는 이성 간의 사랑보다 더 열정적인 모습으로 묘사된다. 금지된 사랑이어서 그런 것일까?

〈커피프린스 1호점〉에 등장하는 남자들은 순정만화 속의 주인공처럼 매력이 넘치는 꽃미남이다. 커피하우스에 남자들만 근무한다는 설정이 특이하다. 여성이 넘볼 수 있는 영역으로 여자가 남장을 하고 들어간다. 그들은 심각하게 정치나 사회 문제를 건드리지 않는다. 사장인 공유와의 계급적 갈등을 의식해 돈에 집착하거나 사회적 성취에 매몰되지 않는다. 공기 같은 세대이다. 가벼운 터치로 현실을 걸어가되 무게중심을 잃지 않는 새로운 세대들이다. 자신이 좋아하는 일, 남들이 바라보는 시선보다는 자신의 기호나 취향을 존중하는 경향이 읽혀진다. 그들에게 거대 서사는 왠지 유행이 지난 밑위가 긴 청바지 같다.

반면 은찬은 목소리도 걸걸하고 무술 실력도 갖춘 왈가닥 아가씨이다. 소녀가장이지만 발랄하고 쾌활하다. 여종업원과 부유한 사장 간의 사랑을 그린 신데렐라 이야기이지만 동성애를 결부시켜 드라마의 진폭을 넓히고 있다. 삼순이의 뒤를 잇는 은찬은 남성적인 면과 여성적인 면을 동시에 가진 자신감 넘치는 당당한 캐릭터이다. 예쁜 척하지 않는 털털한 매력이 은찬에게서 발현된다. 극중에서 선기(김재욱)가 던지는 말, "하긴 남자든, 여자든 인간적으로 끌리는 게 중요하지"라는 대사는 동성애에서 인간애로 확장하고 있음을 감지할 수 있다.

〈커피프린스 1호점〉에서는 젊은 세대의 가벼우면서도 개성을 존중하는 그들만의 문화가 상큼한 커피 향기를 피우고 있다.

당근을 마룻바닥에 던지고 싶은

사막에서 온 메르스란 역병이 두려워 온 나라가 마스크를 쓰고 떨었다. 유월 마지막 날, 미당 서정주의 시 「무등(無等)을 보며」를 가만히 읽는다. "가난이야 한낱 남루에 지내지 않는다"라는 첫 문장에 시선이 간다. 가시덤불에 구를지라도 호젓한 옥돌처럼 서로를 쓰다듬으라는 시인의 잔잔한 음성이 들려온다. 어쩜 이렇게 시를 멋들어지게 쓰는 것일까. 미당이 친일을 한 행적 때문에 날선 어조로 비판하는 시각도 있지만 아무튼 그는 시인으로서는 귀신 같다.

지어미는 지애비를 물끄러미 우러러보고
지애비는 지어미의 이마라도 짚어라

지어미와 지애비라는 말이 참 정겹게 와 닿는다. 왠지 스멀거리는 동물의 처연한 모성 혹은 부성이 배어 있는 시어이다. 조건과 배경을 따지는 결혼 세태와는 거리가 먼 삶의 풍경이다. 고난이 찌든 초가집 아래 낮은 방바닥에 누운 그들이 떠올려진다. 삶에 뭐 그리 대단한 것이 있겠는가. 어차피 먼지로 돌아가는 것이 모두의 운명이다. 몇 편의 시가 남든, 재산이 얼마나 남든, 그 무엇이 그리 중요하겠는가. 그냥 서로 지그시 바라보는 따스한 눈빛이 있으면 충분하지 않은가.

어둑어둑한 하늘을 보니 곧 장마가 시작될 것 같다. 남자는 여자의 발목이 아픈 이유를 모른다. 아니, 알아도 모른 체한다. 남자는 자신의 일에 매여 있다. 정확히 말하자면 그는 언제나 자신의 욕망에 충실하다. 대상을 바라볼 때, 문득 성적 욕망이 일 때, 잠시 여자를 보고 곧바로 자신의 의지와 감정에 몰두한다. 그것도 모르고 여자는 발을 주물러달라 말한다. 남자는 그냥 쓱쓱 문지르는 척만 하다 슬슬 빠져나간다. 자신의 욕망과는 상관이 없는 일이라 판단한다.

여자는 허무한 느낌이 들어 바다를 바라본다. 세탁기가 돌아간다. 빨랫줄에 팬티와 와이셔츠와 수건이 널려 있다. 부엌 바닥에 부스러기들이 어지럽게 널브러져 있다. 청소기 줄에 걸려 넘어질 듯하다. 마지막에는 먼지로 돌아가는 인연인데 왜 이렇게 어울려 살아가는 걸까. 여자는 거울에 묻은 손때를 지운다. 조금씩 낡아가는 몸에서 이상한 소리가 나는데 이 삐거덕거리는 관계를 벗어날 수 없다. 여자는 책을 읽는다.

책을 읽는데 눈알이 뻑뻑하다.

'아! 다림질이 남아 있구나.'

바닥에 쪼그려 앉아 다림질을 한다. 흰 셔츠까지 다리려니 어깨도 무릎도 아프다. 갑자기 얼굴이 빨개지고 울컥 분노가 올라온다. 싱크대에 씻어놓은 당근이 눈에 들어온다. 바닥에 집어던지고픈 생각이 올라온다.

'난 사랑에 속은 거야.
남녀 간에 사랑은 없어,
서로의 욕망이 교환될 뿐이지.'

남자는 묵묵히 자신의 일만 소중한 듯 움직인다. 슬쩍 여자의 눈치를 보다가 자신에게 가장 편안한 감정의 지점이 어디인지 재빨리 탐색한다. 여자의 사소한 감정에 휘둘리면서 시간을 허비할 필요는 없는 거다. 남자는 주말에 등산할 생각을 하면 갑자기

당근을 마룻바닥에 던지고 싶은

즐거워진다. 자신에게 가장 큰 쾌감을 주는 순간을 찾아 그는 개척자처럼 산길을 누빈다. 무등산을 오르는 남자의 거친 숨소리가 들려온다. 미당은 자신의 욕망에 충실한 무심한 남자에게 슬쩍 말을 건넨다.

"이보게,
산에서 조금 일찍 내려가 여자의 발목을 한번 보게.
발목이 왜 푸른지
여자의 볼이 왜 붉은지……."

남자는 여전히 무뚝뚝하지만 가끔 시를 쓴다. 여자의 마음은 언제나 오리무중이다. 정신분석을 창시한 위대한 프로이트조차 여자의 마음을 알기는 쉽지 않았던 모양이다. 전혀 다른 행성에서 온 외계인과 사는 일이 옥돌처럼 호젓하지 않지만, 그 낯선 세계에 초대받는 일은 때때로 경이로운 기적이다.

등꽃 날리는 유리창

사월, 바람이 분다

영화를 보러 갔다. 이른 시간이라 극장 안에는 사람들이 섬처럼 드문드문 앉아 있다. 〈바람 피기 좋은 날〉이란 제목이 진부하면서도 신선하다. 불륜이란 소재를 산뜻하고 경쾌하게 풀어낸다. 이슬(김혜수)과 대학생(이민기)의 불장난 같은 사랑 그리고 작은 새(윤진서)와 여우 두 마리(이종혁)의 엇갈리는 사랑이 두 개의 플롯으로 겹치면서 전개된다.

열 살 이상 어린 남자와 간 큰 사랑을 즐기는 유부녀와 친밀한 대화에 집착하면서 내숭을 떠는 유부녀의 성적 취향은 여성의 심리에 대한 새로운 접근이다. 여성이 원하는 성적 판타지가 남성과는 차이가 남을 엿볼 수 있다. 단순한 성적 관계보다는 친밀한 심리적 관계 맺기를 갈망하는 면을 작은 새라는 인물을 통해 알 수 있다. 이슬의 경우에는 바람을 피운 남편에게 이혼이라는 강수를 두기보다는 자신도 바람을 피우는 대안을 선택하는 과감한 성격을 보여준다.

컴퓨터 채팅을 통해 만난 그들이 즐기는 사랑은 질척거리지 않는다. 심지어 이슬을 미행한 남편이 모텔 방을 덮치는 장면에서도 가벼운 리듬을 탄다. 간통 장면을 들킨 이슬이 오히려 미행한 남편에게 당당하게 고함을 질러대는 장면이 인상적이다. 먼저 바람을 피운 남편이 함부로 아내에게 죄를 물을 수 없는 상황이다.

이슬은 현모양처와는 거리가 멀지만 왠지 속이 깊어 보이는 매력적인 여자이다. 요리 실력도 형편없지만, 솔직하고 활달하면서 남편의 바람기를 친정 식구에게 숨기는 여유를 보여준다. 남편에게 가장 사랑하는 사람은 당신이라고 고백해놓고, 은밀하게 애인을 다시 만나는 상황이 코믹하게 전개된다. 아내의 불륜이 이혼으로 치닫는 상황이 아니라, 아내의 불륜에 대하여 이해하고자 하는 시대의 변화가 감지되는 영화이다. 남편의 불륜을 감수하면서 가정을 지켰던 아내들의 삶이 전도될 가능성을 엿보게 된다.

이 영화는 사랑에 대한 죄의식을 질문하지 않는다. 사랑은 허무한 것이며, 그 허무를 껴안을 수밖에 없다는 메시지를 전달한다. 영화의 막바지에 작은 새가 여우 두 마리를 의료 보조기로 흠씬 두들겨 패는 장면은 압권이다. 바람둥이 여우 두 마리는 맞으면서도 존재의 일체감을 느끼지 않았을까.

사랑에 미칠 용기가 없는 관객은 불륜은 아닐지라도 사랑받고 있음을 느끼고 싶어 영화를 본다. 사랑받을 때 비로소 모든 존재는 찬란한 빛이 난다. 홍매화가 터지는 봄날이다.

사주팔자와 타로 카드

새해가 오면 왜 사람들은 용하다는 점집을 찾아가는 걸까. 운명에 대한 호기심과 일이 잘 풀리지 않은 답답함에 언니를 따라 철학관에 가보았다. 얼핏 보니 별로 그리 대단한 이론도 아닌 것 같아 사주팔자에 관한 서적들을 잔뜩 사와 읽었다. 정해년 황금돼지 열풍이 분 까닭이 궁금한 탓이기도 했다. 이성적 사유가 강조되는 근대화의 터널을 건너온 한국 사회는 합리적 삶을 지향하면서 사주팔자를 미신이라 여긴다. 그러면서도 삶이 불안해지면 슬쩍 무당이나 철학관의 예언가에게 심리적인 위안을 받고자 뚜벅뚜벅 찾아간다.

사주팔자의 근간이 되는 음양 이론은 그 체계가 심오하다. '나'라는 주체를 인식하는 기준이 연, 월, 일, 시에 따라 설정되지만, 전체 사회의 여러 구성원들과의 관계를 중시한다. 가족 중심의 관계 설정이 두드러진다는 점이 서양철학에서 독립된 주체를 중시하는 것과 차이가 난다.

철학관이란 이름으로 성행하는 이 사업은 그 역사가 5천 년이 넘게 지속되었고, 이성적인 문명의 그늘 아래 잡초처럼 생명력을 유지해오는 것을 보면, 이성과 광기가 공존하는 인간 본성을 성찰할 수 있다. 동양에 사주팔자와 풍수에 대한 이론이 발전한 반면에 서양에는 별자리를 이용한 점성술이 널리 이용되고, 타로 카드는 그들의 문화적 자양분 속에서 배태된 산물이다.

타로 카드에 관심을 갖게 된 것은 T.S. 엘리엇의 시편 「황무지」에서 무녀에 대한 이야기를 다루었기 때문이다. 타로 카드의 패 중의 하나인 '십자가에 거꾸로 매달린 남자'의 이미지가 어부왕의 전설과 결합되어 나타난다. 현실의 삶에서 이러지도 저러지도 못한 채 좌절한 상태의 심리가 반영된다. 타로 카드는 그리스 로마 신화의 이미지와 기독교의 상징들을 결합하여 구성된다. 비교적 짧은 기간 안의 미래를 예측하거나 결정을 하고자 할 때 활용하는 면이 있다. 사주가 평생의 운명에 대한 나름대로의 통찰을 알려주는 반면 타로 카드는 3개월 이내의 일에 대한 암시를 제공한다.

사주든 타로 카드든 인간의 무의식에 잠재하고 있는 선험적인 예언 능력에 기대는 면이 있다. 과학적 분석과는 별개지만, 꿈

등꽃 날리는 유리창

이나 예감을 통해 감지되는 감각을 구체화시킨 예라 볼 수 있다. 현재의 자신의 삶에 만족한다면 사주나 타로에 관심을 가질 이유가 없겠지만, 변화가 너무 많은 현대인의 삶에서 보다 안전한 이정표를 찾고 싶은 욕망들이 이러한 업을 지탱하고 있다.

그러나 정해진 운명의 틀을 뛰어넘을 수 있는 무한한 지혜와 에너지는 저 하늘에 계신 하느님에게 있는 것이 아니고, 우리 내면에 이미 존재한다. 그 에너지가 원만히 발휘되도록 소중한 나 자신을 위로하고 격려할 필요가 있다. 새로운 우주를 창조할 수 있다는 믿음을 강화시키면서 타인과 조화를 이루는 것이 황금돼지의 삶이다.

발표지 목록

제1부

아나키스트, 박열의 애인 | 『부산일보』 2007.1.9. 〈문화비평〉

자크 랑시에르와의 만남 | 『부산일보』 2014.10.14. 〈문화칼럼〉

국가의 폭력 | 『부산일보』 2014.8.12. 〈문화칼럼〉

부르카, 얼굴 없는 여자들 | 『부산일보』 2007.6.13. 〈문화비평〉

가벼움의 미학 | 『부산일보』 2014.11.11. 〈문화칼럼〉

미술관에서 놀다 | 『부산일보』 2007.8.29. 〈문화비평〉

서울, 거대비만증 | 『부산일보』 2005.2.21. 〈일기〉

목련꽃 떨어진 자리 | 『부산일보』 2005.2.21. 〈일기〉

슬픈 유목민 | 미발표

감시 카메라의 덫 | 『부산일보』 2007.4.3. 〈문화비평〉

도시의 얼굴들 | 『부산일보』 2005.4.6. 8, 13, 22, 28. 〈일기〉

애완동물과의 동거 | 『부산일보』 2007.7.11. 〈문화비평〉

나를 파괴할 권리와 합법적 살인 | 『부산일보』 2007.6.13. 〈문화비평〉

느릿느릿 만년을 사는 거북처럼 | 『부산일보』 2014.9.16. 〈문화칼럼〉

아나키스트의 애인

제2부

뮤즈 | 『젊은시인들』 10집, 2014

성자들의 유머 감각 | 『부산일보』 2005.4.15, 〈일기〉

지리산에서 만난 산신 | 『부산일보』 2005.4.27, 〈일기〉

무의식의 빛깔, 보라 | 『시인플러스』 2012.4, 〈기획에세이〉

당신이라는 기호 | 『시와 사상』 2011. 겨울호, 〈우리 시대의 창조적 시론〉

대나무 꽃이 피는 마을 | 『국제신문』 1997.1.14, 〈이 한 권의 책〉

봄을 꿈꾸는 잔혹한 욕망 | 『르몽드 디플로마티크』 2014.2.

상하이에서 읽는 시 | 2014.5.4 중국 상하이대학교 〈한국문학의 밤〉(미발표)

더미를 위한 희생제의 | 『시인동네』 2014.가을호.

계절이 사라진 존재들 | 『부산일보』 2007.9.19, 〈문화비평〉

가을은 푸른 영화의 바다로 | 『국제신문』, 2004.9.19

깨달음의 집을 짓는 사람 | 『부산일보』 2004.12.7, 〈요즘 내가 읽은 책〉

무상사에 내리는 눈 | 『시에』 2010. 봄호

희망버스에 내리는 눈 | 『부산일보』 2014.12.9, 〈문화칼럼〉

제3부

참새들의 천사 | 『부산일보』 2005.4.28, 〈일기〉

우렁신랑이 차리는 저녁 | 『부산일보』 2007.4.25, 〈문화비평〉

님포매니악 | 『부산일보』 2014.7.15, 〈문화칼럼〉

하얀 욕망의 집 | 『부산일보』 2007.2.20, 〈문화비평〉

기적을 잉태한 처녀들 | 『부산일보』 2006.12.19, 〈문화비평〉

북극에서 온 쿠키 | 『부산일보』 2014.1.18, 〈토요에세이〉

성철 스님의 아내 | 『부산일보』 2007.5.23, 〈문화비평〉

사랑에 대한 사소한 이유 | 『웹진 젊은 시인들』 2015.6.7.

실패한 연애와 담배 라이터 | 『시인동네』 2014.가을호

커피프린스 1호점 | 『부산일보』 2007.8.1, 〈문화비평〉

당근을 마룻바닥에 던지고 싶은 | 『시사사』 2015.7–8월호

사월, 바람이 분다 | 『부산일보』 2007.3.13, 〈문화비평〉

사주팔자와 타로 카드 | 『부산일보』 2007.1.30, 〈문화비평〉

아나키스트의 애인

초판 1쇄 · 2015년 11월 28일
초판 3쇄 · 2016년 12월 7일

지은이 · 김혜영
펴낸이 · 한봉숙
펴낸곳 · 푸른사상사

주간 · 맹문재 | 편집 · 지순이, 김선도 | 교정 · 김수란
등록 · 1999년 7월 8일 제2-2876호
주소 · 서울시 중구 충무로 29(초동) 아시아미디어타워 502호
대표전화 · 02) 2268-8706(7) | 팩시밀리 · 02) 2268-8708
이메일 · prun21c@hanmail.net / prunsasang@naver.com
홈페이지 · http://www.prun21c.com

ⓒ 김혜영, 2015

ISBN 979-11-308-0585-6 03810
값 15,800원